Josef Oberhollenzer

Sültzrather

Vitus Sültzrather, 9. juni 1931 in Aibeln – 22. mai 2001 in Aibeln
18. mai 1959: in Garn sturz vom baugerüst; danach querschnittgelähmt
29. juni 1959: meterhohe schlamm- und steinlawine
tod des vaters im november 1973
tod der mutter im april 1977
Cato, sein hund; schwarzer neufundländer
Lora, seine katze; weiße deutsch langhaar
Genovefa, schwester; jüngste der geschwister vom Kalberhof; verheiratet mit Kassian Jobstraibizer
Roland, ihr einziges kind, stirbt nach der geburt
Veronika, schwester; verheiratet mit Sebastian Pfeissinger, staplerfahrer
Cäcilia, schwester; verheiratet mit Konrad Schrott, obstbauer
Ignaz, nach Kanada ausgewanderter onkel
ein verdingser onkel
Notburga T., Vitus Sültzrathers zugehfrau (vom Schilcherhof)
Rut Thinnebach, deren tochter
Filomena Z., latzfonser kusine der Notburga T.
Albin Hasler, Vitus Sültzrathers lehrer
Kreszenz Jaist, nachbarin Vitus Sültzrathers vom Blaaserhof
Annemarie Spisser, die junge Thalhoferin; mutter von zwillingen
die Thalhoferin, deren schwiegermutter
Dr. Hieronymus von Lutz, Vitus Sültzrathers totenbeschauer
Veronika F., die hinterherschauende verlassene
Pius T.
maler K.
Bezalel, zweitgeborener sohn Noahs
Safina, seine frau
Ephrem, beider sohn
R., altenheiminsasse
W., sein sohn
F., seine eine tochter
S., seine andere tochter
Innozenz Waldtpichler, schulsekretär von K.
der Lehrer
F.

JOSEF OBERHOLLENZER
SÜLTZRATHER

ROMAN

TransferBibliothek
FolioVerlag

f. Nina, f. Moritz

„Es gibt keine Schrittzähler des Lebens,
nur Siebenmeilenstiefelschrittzähler;
merkte ein Mensch alle Stunden,
er brauchte ja ein Leben, um ein Leben zu erzählen."
Jean Paul, *Vita-Buch*

„Man kann ihn sich gut älter vorstellen, dicker,
faltiger, vorsichtiger, herzlicher. Mit gepflegtem
weißem Haar und gerötetem Gesicht."
Helmut Heißenbüttel, *Projekt Nr. 1. D'Alemberts Ende*

„Mehr ist da nicht. Daß euch kein Fensterkreuz je kennt,
Nehmts hin. Es ist ein Vorgeschmack auf das Verschwinden."
Durs Grünbein, *Vom Schnee oder Descartes in Deutschland*

Spieleröffnung mit schuhen
(auch: Introductio calcei. Gerücht)

„Das eine spricht, ich zerwandre
nach dir schon mein siebtes Paar Schuh –"
(Peter Rühmkorf, *Zersungene Lieder III*)[1]

„Unbeschuht aber kommt durch die Luft, der am meisten dir gleichet,
eiserne Schuhe geschnallt an die schmächtigen Hände,
verschläft er die Schlacht und den Sommer. Die Kirsche blutet für ihn."
(Paul Celan, *Ein Knirschen von eisernen Schuhn*)[2]

[1] Peter Rühmkorf, *Zersungene Lieder III*, in: *Einmalig wie wir alle*, Reinbek bei Hamburg 1989, S. 127
[2] Paul Celan, *Ein Knirschen von eisernen Schuhn*, in: *Mohn und Gedächtnis*, München 1952, S. 20

Der aibelner³ dichter Vitus Sültzrather, mittlerweile bekannt wie ein bunter hund, nämlich, sagt F., wer kenne schon einen bunten hund, der habe nach seinem sturz vom baugerüst im mai neunundfünfzig und der folgenden querschnittlähmung bzw. der darauf folgenden lebenslänglichen verbannung in den rollstuhl –, wie Francesco Petrarca⁴ oder Thomas Bernhard⁵ habe Vitus Sültzrather danach ein wachsendes faible für schuhe entwickelt: derart, daß er, nachdem er anfangs nur unterschieden habe zwischen montagsschuhen, dienstagsschuhen, mittwochsschuhen, donnerstagsschuhen, freitagsschuhen, samstagsschuhen und sonntagsschuhen, die schuhe zuerst wechselnd also je nach wochentag, diese wochentagsschuhordnung aufgrund der jahreszeitlichen notwendigkeit schon bald erweitert

---

[3] Aibeln: eine ortschaft im südtiroler Eisacktal, westlich von Klausen, auf 1.054 m ü. NHN gelegen (auf der hypotenuse des dreiecks Latzfons – Verdings – Garn); 238 einwohner bei der volkszählung im jahr 2001, dem todesjahr Vitus Sültzrathers. (Ob er noch mitgezählt wurde?)

[4] „[..] daß unsere Schuhe, an welchen man mit Sorgfalt die geringste Verunstaltung vermied, so enge waren, und uns so große Qualen machten [..] (Jacques-Francois-Paul-Aldonce de Sade, *Nachrichten zu dem Leben des Franz Petrarca aus seinen Werken und den gleichzeitigen Schriftstellern. Ersten Bandes erste Abtheilung.* Lemgo 1774, S. 234)

[5] „[..] daß Thomas eine unwahrscheinliche Vorliebe für Schuhe hat und seine zirka 30 Paar neue Schuhe ständig genauso putzt und pflegt wie jene, welche er benützt. [..] Ich möchte sogar fast behaupten, daß Thomas in bezug auf Schuhe einen Fimmel hat, wie man hier sagt [..]" (Karl Ignaz Hennetmair, *Ein Jahr mit Thomas Bernhard. Das notariell versiegelte Tagebuch 1972*, Salzburg und Wien 2000, S. 44)

habe hin auch zu einer unterteilung in sommerschuhe und winterschuhe, folglich trennend also zwischen: sommermontagsschuhen und wintermontagsschuhen, sommerdienstagsschuhen und winterdienstagsschuhen, sommermittwochsschuhen und wintermittwochsschuhen, sommerdonnerstagsschuhen und winterdonnerstagsschuhen, sommerfreitagsschuhen und winterfreitagsschuhen, sommersamstagsschuhen und wintersamstagsschuhen, sommersonntagsschuhen und wintersonntagsschuhen. Eine sucht aber, sagt F. – und daß das anfängliche faible, diese trotzige liebhaberei oder schwäche für schuhe, dieses in wahrheit vielleicht naive aufbegehren gegen seine gelähmtheit, von anfang an suchtcharakter gehabt habe und ein „suchtfötus", so F., im grunde gewesen sei[6], sei wahrscheinlich auch Vitus Sültzrather selbst von anfang an klar gewesen: Nämlich nicht ein einziges mal schreibe er nach seiner entlassung aus den diversen krankenhausstationen und schlußendlich aus der reha[7], das wort schuh –: Eine sucht aber höre zu wachsen nicht mehr auf. Und also habe Vitus Sültzrather seine schuhordnung weiter unterteilt und nicht mehr nur zwischen sommerschuhen und winterschu-

---

[6] Elmar Locher: *Vitus Sültzrathers Auferstehung aus den Falten eines Traums*, in: Text + Kritik 71 (Vitus Sültzrather), München ²1984, S. 31: „[..] und dieses fortwährende Anrennen gegen den ungeheuren Schmerz, daß er nicht gehen, daß er nicht rennen kann; daß er sich, wie er in einem der ersten Notizbücher schreibt, ‚nicht aufrichten, nicht schreiten kann wie ein Mensch' [..]"

[7] „Reha, Reha! Was für ein Wort! Was soll da schon wiederhergestellt werden! Die Welt mit Wörtern wie mit Lügen gepflastert!" (Vitus Sültzrather, *Notizbuch N° 1*, Aibeln 1959, S. 19)

hen unterschieden, sondern auch noch zwischen herbstschuhen und frühlingsschuhen. Diese nunmehrige vierteilung der sültzratherschen wochentagsschuhordnung und also dieser „längst kammerfüllenden schuhanhäufung" müsse aber, so F. – sicherlich auch, weil die schuhfabrikanten seinerzeit ja nur zwischen einer sommer- und einer winterkollektion unterschieden hätten –, außerordentlich schwierig gewesen sein und zu fortwährenden streitereien mit seiner zugehfrau Notburga T. geführt haben, die ja, „selbstverständlich unter Sültzrathers aufsicht", die aufgabe gehabt habe, die nach jahreszeitlicher maßgabe zu erfolgende „quadrudivision" der sültzratherschen scarpothek[8] in die tat umzusetzen bzw. in der, wie man in Aibeln sich zugeraunt habe, „aus allen nähten brechenden schuhkammer" zu verwirklichen; denn immer wieder sei in ihren briefen an ihre latzfonser kusine Filomena Z. die rede davon, daß sie ihm „wieder einmal die Schuhe an den Kopf geworfen"[9] habe. Am ende aber, so gehe das gerücht, sagt F., habe Vitus Sültzrather für jeden tag des jahres ein eigenes paar schuhe gehabt – oder vielmehr: für jeden tag zwei;

---

[8] Der französische naturforscher Bernard Germaine Lacépède spricht in seinem 1788 in Paris erschienenen buch *Histoire naturelle des quadrupèdes ovipares et des serpens* von der „Quadrudivision des Salamandres" (S. 645f.). – „Dies", so F., „nur am rand oder unterm strich."

[9] Vitus Sültzrathers großneffe, Isidor Sültzrather, zitiere, so F., in seinem buch *Mein wunderbarer Großonkel. Erinnerungen an den Dichter Vitus Sültzrather* (Klausen 2012) mehrere briefe der zugehfrau Notburga T. an ihre kusine Filomena Z. (vor allem aus den achtzigerjahren), in denen sie sich etwa über die „nie aufhörende Umänderung der Schuhord-

nämlich ein schönwetterschuhpaar und ein schlechtwetterschuhpaar – „und alle wie neu", habe der ende mai zweitausendeins seine todesursache beurkundende arzt Dr. Hieronymus von Lutz in den örtlichen gasthäusern „herumerzählt": „Alle wie neu und nach dem kalender aufgereiht; und die schuhsohlen, mein gott, nicht im geringsten abgenützt!" Wer mit denen wohl gehen werde, habe der Von Lutz immer wieder wie zu sich selbst gesagt, zwischen einem zug an einer seiner Nazionali (ungefiltert) und dem nächsten.

---

nung" ereifere; oder, einmal, daß sie es „nun endgültig satt" habe, „diesem Nichtgeher sein Gehzeug in die Jahreszeiten aufzufächern". Und ein andermal schreibe sie ungefähr so: „Liebe Filomena, hätte ich so viele Schuhe wie der! Dann bröselte ich ihm die seinen gerne auf." Aber, so F.: „Lesen Sie selber nach!"

Selbstporträtporträts

Versuch einer antwort, mit der geschichte von T.

> „Rose is a rose is a rose is a rose."
> (Gertrude Stein, *Sacred Emily*)[10]

> „Das Anschauen ist ein Portraitieren schon."
> (Vitus Sültzrather, *Traumschleifer*)[11]

[10] Gertrude Stein, *Sacred Emily*, in: *Geography and Plays*, Boston 1922, S. 187
[11] Vitus Sültzrather *Traumschleifer. Eine Trilogie. Band 1*, Berlin 1967, S. 21

Der fall ist, daß der maler versucht, das bild, das er sich schauend macht, ihm, dem abzubildenden und am ende endlich abgebildeten – dem zum bild des malers gewordenen also; des malers bild als bildnis seiner selbst – auf der leinwand auf den leib zu malen und nun im starren, im unbewegten, im toten als sein bild zu bannen im an diesen aufgespannten ort gebundnen augenblick; der sich aus ungezählten augenblicken des kunstgezähmten anschauns aber, der sich aus einer spanne zeit zusammensetzt und nun: da ist und ohne zeit – und „wie der tote Körper meiner Mutter, der nun da vor mir lag: ein mutterloses Stück"[12]. Jedoch beseelt sei dieses bild, beherzt und hirngefaltet?, wie dieses mutterstück nicht war, von anfang an; in dem war nicht ein augenblick der zeit, die dieser körper, einmal, in sich trug und der nichts andres mehr nun ist als –? „Als was?, als was?"[13] Beseelt sei, sagt er, dieses konterfei, in dem, was der im spiegel sah, verschwunden ist. Ach was!, die seele einverleibt der maler sich, indem er dieses bild im bildnis breit fixiert, in dieser traumgebornen farblandschaft; indem er hier versucht, ein bild zu machen, das mit dem abgebildeten identisch sei, mit dem verschwindenden – und ihn ersetzt? Doch wenn

---

[12] Vitus Sültzrather, *Traumschleifer. Eine Trilogie. Band 1*, Berlin 1967, S. 83
[13] Vitus Sültzrather, *Bildnis*, in: *Düstrer kein Morgen, der Tod. Gedichte*, Innsbruck 1955, S. 16

der maler selbst nun sein gemalter ist und so sich doppelt sieht, im spiegel einmal und daneben in dem eignen bild? Wer ist der dritte, der da steht und schaut, sich selber anschaut und – wie jener sagte, der – sich das geschaute einverleibt? Das einverleibte nämlich, im leib verschwinde es, im leib verwandle sich's; und als ein anderes werde es dann ausgeschieden („Dies fleisch, seht her, und dieses blut!") und sei doch immer noch, im grund, was es davor gewesen sei, vielleicht ist es die summe des gewesenen; gepreßt, gestanzt, gemalt in jene form, die all das überflüssige, was einem alles einmal war, fast alles, ja, nun auslöscht, ins verschwinden bringt, indem es nichts als bildnis ist, nichts als beseeltes stück porträt, nichts als die wahrheit, freigelegt –: „Der Körper meiner Mutter aber", schreibt er, „liegt noch da."[14]/ Der fall ist, daß der mensch sich seinem hunde anverwandelt (oder der hund dem menschen, ja?) und mensch und hund bald sind wie eines jener seltnen paare, noch glücklich, immer noch, nach einem halbjahrhundert, in welchem sich, in allem, „eine Verwandtschaft eingestellt hat, wie sie zwischen Verwandten noch nie in der Welt gewesen ist"[15]; noch nie./ Der fall ist auch, daß einer einmal: kunstliebender inhaber eines kleinen computershops, alleinwohnend – „Winter war's; dezember. Elf jahre ist's her."[16] – sich

---

[14] Vitus Sültzrather, *Traumschleifer. Eine Trilogie. Band 3*, Berlin 1967, S. 347
[15] Vitus Sültzrather, *Knödelfleisch*, Heidelberg 1971, S. 118
[16] Isidor Sültzrather, *Mein wunderbarer Großonkel. Erinnerungen an den Dichter Vitus Sültzrather*, Klausen 2012, S. 16

seinem porträt anzuverwandeln versuchte[17], da es von seinen freunden, ebenfalls kunstliebend allesamt, wie sie bei jeder halbwegs passenden gelegenheit – und halbwegs passende gelegenheiten gebe es in jedem leben mehr, als einem lieb sein könne[18] – ins gespräch zu streuen nie müde wurden, nein, als ein geglücktes hervorgehoben worden war, wohingegen man ihn, T., niemals als geglückt bezeichnet hatte, in seinem ganzen, bald schon halbhundertjährigen leben noch nie. Nie, er könne sich nicht erinnern, habe man ihm zu sich selbst gratuliert, seinem porträt jetzt aber jubelte man zu; aber T. wollte, nichts anderes wollte er mehr, daß man ihm zujubelte und nicht seinem porträt; darum versuchte er zu werden wie es. Jedoch sah er im porträt das geglückte nicht, er sah nicht sich im porträt: Er sah sich nicht. Wenn er sein spiegelbild mit seinem abbild verglich, jenem an mehreren winterabenden, an denen durch dieses stundenlange dasitzen in der geforderten eingefrorenen körperhaltung seine schon weggeturnt geglaubten rückenschmerzen allmählich wiedergekehrt, in seinen körper zurück- und also, wie es seine naturgläubige heilpraktikerin ausdrückte, heimgekehrt waren und nun mit einer selbstverständlichkeit seinen rücken verheerten wie einmal der winter bei uns den schnee gebar, vom maler K. mit

---

[17] Oscar Wilde's Roman *Das Bildnis des Dorian Gray* habe T. nicht gekannt.
[18] Vgl. die nicht gehaltene geburtstagsrede Isidor Harrers in: Vitus Sültzrather, *Wie ein Taubenschlag*, Heidelberg 1973, S. 66 ff.

vielfach sich überlappenden farbschichten überzogenen, 46×53 cm großen leinwandstück, sah er in ihnen einen vollkommen anderen; nicht jenen sah er, den er im spiegel sah. Der maler K. aber war ein in der seinerzeitigen kunstlandschaft längst angekommener: Wer ihn und seine bilder nicht als groß empfand oder wenigstens groß darüber redete, verstand von allem malen, verstand von aller kunst nichts, schier gar nichts, nein. Der gehörte nicht dazu; er aber wollte dazugehören, um jeden preis. Im porträt des malers K. allerdings, so schien ihm, kam er nicht vor; da sei alles, was er je gewesen sei, verschwunden: Der maler K. habe ihn vollkommen ausgelöscht und nichts als eine hülle – oder eine oberfläche, vielleicht –, die der seinen vielleicht ähnlich sehe, ausgestellt: ein fälscher, oder genauer: ein kopist, der „eine einzige amorphe Schicht aus buntem Staub"[19] herstellte und nicht eine „Landschaft aus geologischen Schichten unterschiedlicher Gestalt und Farbe"[20] – eine landschaft also aus fleisch und blut und haut und haar. Ein gänzlich anderer schaute ihn da an; nicht der, den er im spiegel sah: tag für tag für tag. Und der spiegel porträtierte einen anderen; aber auch dieser andere, der immer selbstverständlich er gewesen war, wurde ihm nun, mehr und mehr, fremd. Ein anderer schaute aus dem spiegel in ihn hinein, versuchte nun in ihn einzudringen, ver-

---

[19] Anita Albus, *Die Kunst der Künste. Erinnerungen an die Malerei*, Frankfurt am Main 1997, S. 98
[20] Albus, *Die Kunst der Künste*, S. 98

suchte ihn zu erkunden, versuchte wieder dazuzupassen, ineinander, überein, mit aller gewalt; aber er habe standgehalten, aber er habe sich gewehrt./ Der fall ist, daß T., um des glückes leibhaftig zu werden, das seinen freunden in seinem porträt gewärtig war, beschloß, zu seinem porträt zu werden – „und wenn es mich das Leben kostet!"[21] Schon war ihm dieser gedanke in sein denken geraten; und noch wußte er nicht, wie groß in diesem gedanken die kommende wahrheit schon stand. Aber er wußte, daß solche gedanken, hatten sie sich in seinem denken erst einmal halbwegs eingenistet, sich in ihm so ausbreiteten wie etwa in seiner kindheit die tinte auf dem löschpapier und bald, riß man sie nicht sofort mit allen wurzeltentakeln aus, drängten sie unaufhaltsam zur verwirklichung. Wie sehr solche gedanken sein denken belagerten bis zur endgültigen eroberung und verdrängung alles anderen, da glich er seinem vater wie in allem sonst auch. All das wußte er – und er ahnte, daß nun, auch diesmal, nichts gutes voranwuchs in ihm: mit der gewohnten absoluten konsequenz, die in ihm wütete, seit er denken konnte; ja, davor hatte er angst: Robespierre war ihm ein ungeheuer und der große Alexander auch. (In den kindern müsse diese absolute verwirklichungssucht, an der die menschheit einmal zugrunde ginge, in den kindern müsse die noch sein. Denn wie die un-

---

[21] Erwin Ohrberger (Hrsg.), *Das Tagebuch des Pius T. – Die Geschichte der Verstümmelung eines Gesichts*, Klagenfurt 2007, S. 24

bedingt gehen wollten, wie die unbedingt reden wollten, und wie die die mütter belagerten, wie die die väter eroberten, wie die die väter und mütter schließlich versklavten, ja! All die großen diktatoren hätten ihre kindheitssucht nie abgelegt, diesen entsetzlichen willen zur welt, und auch die künstler nicht, nein, all die Van Goghs und Schieles und Dürers und Munchs, all die Kleists und Joyces und Flauberts und Benns, all die Mozarts und Beethovens und Tom Waitses und Bachs –: Die selbstwerdungs- oder selbstgebärungssucht habe in denen nie aufgehört – und manchmal, in luziden momenten, oder in seinen träumen, ja, dort auch, da wisse er, er sei wie die: Wenn so ein gedanke in ihm wüchse, dann sei er wie die.) Aber wie sehr T. auch, als ihm die kommende wahrheit immer wieder ins bewußtsein stach, den porträtgedanken, als der ihn allmählich auszufüllen begann, zu verdrängen versuchte mit anderem – etwa damit, daß er exzessiv zu essen begann und sich nach jedem essen auf die waage stellte, damit er schauen, damit er messen konnte, bis aufs deka genau, wie gewichtig sein körper war, wie er sich vermehrt hatte, wie er wuchs –: Vorantrieb, unaufhaltsam, bald wie ein erdapfel und wie ein fluß, der einmal geborne gedanke hin zu seiner ankunft oder verwirklichung: „Ein Stein, der fällt, fällt bis zum Grund/ warum ihn niemand halten kunnt'."[22] Und so

---

[22] Johann Aufhausen, *Über all die Gesetze, derer in der Natur sind. Würkliche Erfahrnisse eines unersättigen Beobachters, von ihm selbst in Verse gebracht*, Göttingen 1763, S. 149

arbeitete T. an seinem gesicht – kleidung und haare waren ihm noch ein leichtes gewesen, das ließ sich ja verändern wie ein gemaltes, wie ein porträt – wie ein bildhauer an seinem material: Wie seine großmutter über die hühneraugen mit einem hühneraugenhobel gegangen war – „Schnitt für Schnitt, bis unter die Oberhaut hinab und weit ins Unterhautgewebe hinein"[23] –, so ging jetzt er über sein gesicht; mit derselben akribie auf jeden fall: damit die ähnlichkeit wüchse wie sein körper, immer noch. K.s porträt hatte er neben den spiegel im badezimmer gehängt, wo er abend für abend (und immer wieder bis tief in die nacht hinein) studierte und verglich und dann schnitt und nähte und stach und verband: So änderte er sich und wurde immer mehr sein porträt. Bald schon war er experte in plastischer chirurgie, durch webweites studium und die lektüre von fachliteratur einerseits und durch das stete üben an sich selbst, andererseits; und bald verfügte er über das nötige instrumentarium im überfluß: über pinzetten und skalpelle und spritzen und scheren, über nadeln und fäden und fadenstopfer, über steril-container, absaugkanülen, sinusküretten, über mundsperrer und mundkeile und nasenzangen, über nasenspekula, klemmen und anästhetika. T. wurde immer mehr sein porträt, fast schon war er es, bis zum identischen war es nur noch ein schritt. „Es ist

---

[23] Josef Oberhollenzer, *Großmuttermorgenland. Eine Erzählung aus den Bergen*, Wien Bozen 2007, S. 57

nur noch ein Schritt, bis ich endlich bin wie ich"[24], steht als eintrag des 17. märz in seinem tagebuch; aber das war, wir wissen's, der wendepunkt. Ab diesem mittwoch im märz strebte sein gesicht dem verschwinden zu; dem gesichtshauer T. schwand sein material allmählich dahin; auf dem weg hin zum porträt entfernte er sich von ihm, nur die verzweiflung nahm zu. Dann arbeitete T. am porträt, am ende löste er das gesicht in wasser auf, bis es nur noch eine fläche und eine farbe war; und dann endlich, ja, war das porträt ganz er: In einer einzigen nacht entfernte er sein gesicht. Als er sich am morgen im spiegel sah, eine fläche blut, eine farbe rot, da weinte er; dann stürzte T. sich, in seinem glück, vom badezimmerbalkon in die tiefe hinab. Sein tagebuch legt von seiner sisyphosarbeit zeugnis ab, schreibt laut Ohrberger die „Geschichte von der Verstümmelung eines Gesichts", in wahrheit ist es aber die aufschreibung einer ungeheuren glückssehnsucht./ Der fall ist: Ob, wenn einer ein selbstporträt porträtiert, die wahrheit eher sich aus dem porträtierten schälte als im originären selbstporträt? Der fall ist, ob: Wenn einer alles, was jenem ersten eigenmaler ganz selbstverständlich wichtig war: die augen-, ohren-, nasenzüge, der mund, das kinn und alles, was er als gesicht zusammenschaut; wenn einer alles das, was einer braucht, um sich gesetzesmäßig auszuweisen: das, was in pässen unverschleiert ist; wenn einer alles,

---

[24] Ohrberger, *Das Tagebuch des Pius T.*, S. 223

woraus wir den haß die liebe lesen, die hintertücke und die freundlichkeit; wenn einer all das wegließ, wenn einer nichts nahm als die form um das verschwundene gesicht, ob einer dann sich selbst doch eher ähnlich war? Ob einer dann erst, endlich, würde, was er in seinen märchen war, in jenen träumen, die der tag schnell aufhellt und verbleicht, damit den anderen nicht schaudert; damit vor allem er vor sich nicht im porträt erschreckt? Diese frage wurde dem maler K. immer wesentlicher. Oder, wenn einer ein porträt eines selbstporträts versucht –: Was passiert mit dem abgebildeten dann? Wie weit entfernt sich das abbild des abbilds vom urbild – oder wie weit vielleicht nähert es sich an? Diese fragen habe K. in all seine porträts gemalt, auch, selbstverständlich, in jenes von T./ Der fall ist: Du sollst dir kein bild machen, habe man früher gewußt.

„Sie können das letzte werk Sültzrathers abholen."

Versuch einer erinnerung, ohne die geschichte von Rut

> „All meine Bücher bin ich noch, all meine Bücher bin ich noch!"
> (Vitus Sültzrather, *Notizbuch N° 8*)[25]

[25] Vitus Sültzrather, *Notizbuch N° 8*, Aibeln 1977, S. 17

Als ob es ihn vorm aufwachen an jenem augustsonntag nicht gegeben hätte: „An jenem Morgen der Gedanke, der über mich hereinstürzte, als ob ich davor nicht gewesen wäre", erinnert sich Sebastian Kranther in Vitus Sültzrathers *Notizbuch N° 8*[26], das ebenso vergessen ist wie Vitus Sültzrather selbst: Als ob es ihn, den einmal vergötterten – und es ist noch nicht einmal ein halbes jahrhundert her, daß, wie es einer einmal formuliert hat in einem essay[27], wer damals

---

[26] Sültzrather, *Notizbuch N° 8*, S. 31

[27] Er wisse, sagt F., er habe den essay, den er, da erinnere er sich genau, an einem von immer wieder einsetzendem niesel- oder genauer: schnürlregen gefärbten sommertag in der innsbrucker altstadt nahe dem Goldenen Dachl in der Süddeutschen Zeitung (oder in der ZEIT?) gelesen habe – „Damals, als Enrico Berlinguer während einer rede zusammenbrach?, als er noch in der nacht starb und ich um meinen ersten politiker trauerte?, in jenen junitagen 1984, ja?", fragt F., gerade von Wien heimgekommen und also –: Nein, so, so gschert rede er sonst nicht! – –, jenen essay mit dem bild, auf dem Sültzrather sich zu seinem hund hinabbeugt, ohne den er für eine lange zeit nicht denkbar gewesen sei – „Wie kurze zeit später Gilbert nicht ohne George", sagt F. –, bei keiner lesung etwa habe dieser schwarze neufundländer Cato gefehlt, und immer wieder habe Sültzrather an den stellen, an denen andere einen schluck wasser trinken während ihrer lesungen, den kopf seines hundes gekrault – „Und irgendwer hat damals sogar die behauptung aufgestellt, dies geschehe in einem rhythmus, der komplementär sei zum rhythmus des jeweils vorgestellten buches!" – – –, jenen essay also habe er, daran erinnere er sich, ausgeschnitten und in eines seiner sültzratherschen bücher getan. Aber trotz einer irgendwann auf die über die gesamte wohnung verstreute bibliothek ausgedehnten suche habe er diesen – wie zur gleichen zeit auch Hans Christoph Buchs indianerbuch *Tatanka Yotanka oder Was geschah wirklich in Wounded Knee?* – nicht finden können und zitiere also aus dem gedächtnis, wie ja auch Vitus Sültzrather selbst seinen nach Kanada ausgewanderten onkel Ignaz immer wieder nur aus dem gedächtnis zitiert habe.

Kafka gesagt habe, noch Sültzrather angehängt hat; und wer Sültzrather gedacht habe, habe Joyce und Proust gleich mitgedacht –, als ob es ihn, den einmal „vom Lesevolk verhimmelten"[28], nie gegeben habe. „So wie es ja fast die gesamte menschheit nicht mehr gibt!" Und es drehe ihm schier das hirn um vor erschrecken und eine himmelschwere traurigkeit lege sich auf ihn, sagt F., wenn er, aus welchem anlaß auch immer – seien es nun bilder von knochenhaufen und schädelstapeln oder etwa eine menschenzahl irgendwo – an all die menschen, an die er dann denken wolle, nicht denken kann: „Weil es sie in keiner erinnerung gibt! Weil die höchstens teil einer zahl sind und in wirklichkeit doch ungezählt! Weil die welt milliardenmal untergegangen ist, tod um tod um tod, ohne daß wir notiz nehmen davon – oder vom leben davor!" Jeder zertretene regenwurm rühre mehr unser herz, sagt F., jede gedichtete ameise sei anwesender in unserm kopf, gegenwärtiger: „Nun kämpft sie um ihr Leben. / Nun lassen die Kräfte der Ameise nach. / Nun ist sie am Ende. / Nun bewegt sie sich nicht mehr."[29] – So wie er, Vitus Sültzrather, sich schließlich nicht mehr bewegt, weder in seinem rollstuhl, diesem „so lächerlich mißratenen Bein-Ersatz"[30], wie er Sebastian

---

[28] August Grünfelder, *Ein Dichter aus Aibeln*, in: Aibelner Bote, Jg. 14 (1963), Sommerheft, S. 9 – 11, S. 9

[29] Sarah Kirsch, *Ausschnitt* (aus *Erdreich*), in: *Sämtliche Gedichte*, München 2005, S. 228

[30] Sültzrather, *Notizbuch N° 8*, S. 79

Kranther, sein aufgeschriebenes alter ego vielleicht?, einmal schreiben läßt im *Notizbuch N° 8*, weder in seinem „Rollstuhlschreibstuhlwunderstuhl" – wie er diesen behelf, in dem er als dichter zu einer ihm bald nicht mehr geheuren größe herangewachsen ist und in der er nun verharrt, ausharrt, und schon sich und also sein werk verschwinden sieht, genannt hat in einem interview in der NZZ[31] –, noch mit seiner schreibhand übers blatt, noch mit seiner schreibhand übers blatt: zeile an zeile aneinanderreihend, -fügend mit einer leichtigkeit, die einem beobachter, so F., als „der buchstäbliche gegensatz zur beschwerlichkeit seiner seßhaftigkeit", zur vollkommenen lähmung[32] seines unterkörpers erschienen sei – auch nicht mehr zum streichen, zum jähen durchstreichen des eben geschriebenen[33], wie es ihm in den „nachruhmjahren" immer mehr zu einer selbstverständlichen, quasi überlebensnotwendigen übung und schreibgewohnheit geworden sei, sagt

---

[31] Urs Wimbeuler, *Der Traumschleifer. Ein Gespräch mit Vitus Sültzrather*, in: NZZ vom 17. 8. 1964

[32] „Vitus Sültzrather, einer der gewandtesten, wagemutigsten Bergsteiger unseres Landes, fiel gestern am späten Vormittag von einem Baugerüst. Laut einer ersten ärztlichen Auskunft besteht die Hoffnung, daß der Aibelner Zimmerer, der vor einigen Jahren einen vielbeachteten Gedichtband veröffentlicht hat, den Sturz aus etwa 7 Metern Höhe überstehen wird. Es müsse aber, falls nicht noch ein Wunder geschehe, mit einer Querschnittlähmung gerechnet werden." So der kurzbericht in der lokalen tageszeitung *Dolomiten* vom 19. 5. 1959.

[33] „Und doch: Jeder Satz, den ich streiche, wiegt schwerer als all die Sätze, die heute geschrieben sind." Zitiert nach Isidor Sültzrather, *Mein wunderbarer Großonkel. Erinnerungen an den Dichter Vitus Sültzrather*, Klausen 2012, S. 211

F. – und wenn es einen zuhörer gäbe, wunderte der sich, was F. alles sagt; weil ja das sagen sein „unbeholfenes" sei, sein „hinfälliges", wie er sagt – und sagt sätze wie: „So streicht der Vitus Sültzrather besessen dahin, so atmet er sich langsam still, schon nach zwanzig jahren fragt man nur noch vereinzelt nach ihm"; oder: „Die sültzratherzeit löschte so allmählich aus, er und sein werk gerieten mehr und mehr in die vergessenheit"; oder: „Und als ob er mit jedem neuen satz, den er strich, auch einen alten vernichtet hätte, verschwanden seine traumschleifersätze"; oder: „In den köpfen seiner jünger ging nach und nach das knödelfleisch aus." So, ja, sagt F. – und der (endlich dazugekommene) zuhörer sagt: „Als ob ihm der Sültzrather ins maul gefahren wär!" Vitus Sültzrather, der (wie R. Walser?) verschwindende, dem sich die blätter mit den durchgestrichenen sätzen aufgehäuft hätten wie den bauern in der umgebung im schwinden der sommer das heu, das aber in den mägen der kühe in den langen wintern verschwand, aufgehäuft zu einem werk von vollkommen unlesbar gemachten sätzen, die er, vielleicht wegen ihrer zunehmenden vollkommenheit, so F., bald nicht mehr nur immer gewalttätiger durchgestrichen habe mit seiner Pelikan 400, diesem geschenk seiner mutter im mai 1957 („Warum?"): einen tag vor der auferstehung Silvius Magnagos zum parteiobmann der SVP, sondern schließlich mit einem militärmesser, mit dem er, der tiroler hitlerjunge, in den letzten wochen des krieges den feind in der Sachsenklemme habe vernichten wollen „in einem letzten Aufgebot"[34], so vollkommen weggeschabt habe, daß das vernichten der sätze bald ein viel mehr an zeit erfordert habe als ihre niederschrift. In solchen stößen hätten sich die immer aufgerauhteren, die wieder weißen, „geweißten"[35] blätter – „Mein makelloses werk, mein makelloses werk", berichte Sültzrathers zugehfrau, Notburga T., sagt F., habe Sültzrather, den diese zugehfrau „nach Pergine verfrachtet" hätte, wenn es nach ihr gegangen wäre, habe sie gesagt, sagt F., während seiner auslöschungsarbeit „immer monotoner, litaneimäßig fast", habe sie gesagt, ins schabgeräusch hinein vor sich hingesagt –, in solchen ungeheuren papierstößen habe sich sein werk vollkommen vernichtet in seiner schreibkammer ausgebreitet und ausgedehnt, daß er, „der dichtende Rollstuhlfahrer Vitus Sültzrather"[36], irgendwann nur noch mit der zupackenden hilfe seiner zugehfrau, die eine „matrone von einer frau" gewesen sei, sagt F., am frühen morgen hinein- und am späten abend wieder herausgekommen sei. Aber als sie, die zugehfrau Notburga T., „als ich diese tägliche Buggelei einmal satt gehabt hab", ihm, dem dichter Sültzrather, vorgeschlagen habe, das ganze papier zu verbrennen, denn der Kafka, so viel wisse sie auch noch aus ihren schulzei-

---

[34] Vgl. Isidor Sültzrather, *Mein wunderbarer Großonkel*, S. 284
[35] Von „all den geweißten Blättern, auf denen das Leben von den Träumen überschrieben" wird, ist schon die rede im zweiten band der „Traumschleifer-Trilogie". (Vitus Sültzrather, *Traumschleifer. Eine Trilogie. Band 2*, Berlin 1967, S. 52)
[36] Grünfelder, *Ein Dichter aus Aibeln*, aaO., S. 10

ten, habe seinen freund Brod ja auch aufgefordert, all sein geschriebenes zu verbrennen, „all sein Geschriebenes, habe ich gesagt, nicht das Ausgelöschte und Weggekratzte"[37] –: „Da hätten Sie ihn sehen sollen!", habe die Notburga T. gesagt, sagt F., „wenn der aufderstanden wäre! Der hätte mich abgestochen mit seinem messer wie ein schwein!" Sie sei dann nie wieder zu ihm hin, habe sie gesagt. Was wohl aus ihm geworden sei? – Nicht ein werk zu hinterlassen wie Shakespeare, wie Homer, nicht nicht existiert zu haben trotz eines riesenwerks mag vielleicht hinter all dem dann folgenden gewesen sein. Sondern vielleicht zu verschwinden trotz seines werks, mit allem zu verschwinden in den unermeßlichen weiten des vergessens und trotz all der überlebensbemühungen doch nichts als teil jenes namenlosen menschenheeres zu sein, das sich in den untiefen der geschichte verloren habe. Oder erst allmählich den immensen mißerfolg der auslöschung seines werks erahnend, nämlich so, daß die menschen sein vernichtungswerk nicht als werk begriffen, als sein vollkommen makelloses werk. Oder, ja, vielleicht

---

[37] Isidor Sültzrather, *Mein wunderbarer Großonkel*, S. 227. Die sätze der zugehfrau Notburga T., die der großneffe des dichters in seine erinnerungen einstreut, zeichnen ein, so will es scheinen, möglichst übles bild dieser frau, ohne die dem Vitus Sültzrather aber mehrere jahre der vernichtungsarbeit seines werks gar nicht möglich gewesen wären; denn niemand sonst scheint sich in jenen jahren des verblassens seines ruhms gekümmert zu haben um ihn, auch Isidor Sültzrather nicht. Der soll an einem späten vormittag, so erzähl man sich in Aibeln hinter vorgehaltener hand, vom briefträger einmal vollkommen betrunken aufgefunden worden sein in der wohnung der Notburga T.

im augenblick des verbrennungsvorschlags seiner zugehfrau Notburga T., oder in den tagen danach erst die abgrundtiefe, die ungeheure ignoranz künftiger literaturkonsumenten ermessend, sagt F., habe Vitus Sültzrather die weiteren schritte gesetzt. Aber keiner wisse genau, keiner, sagt F., wisse annähernd genau, was in den letzten jahren gewesen sei, wie er überlebt habe bis zu seinem tod[38]. – Ein latzfonser jäger habe in den letzten neunzigerjahren des letzten jahrhunderts einmal einen mann, der der beschreibung nach, so F., Vitus Sültzrather gewesen sein könnte – „Allein, mir fehlt der rollstuhl!" – auf einer lichtung des Morgennocks[39], nicht weit vom Thinne Bach entfernt, neben den paar entästeten stämmen eines zirbms liegen gesehen. Als er ihn gefragt habe, ob er ihm irgendwie helfen könne,

---

[38] Vitus Sültzrather stirbt am 22. mai 2001; auf seinem grabstein steht: „Vitus Sültzrather / 1931 – 2001 / All meine Bücher bin ich noch." Als – im vorfeld der ausstellung seines letzten, des alles aufs zirbmholz reduzierenden, des alles im zirbmholz kulminierenden werks – in Aibeln nach ihm gefragt worden ist, soll einer ungefähr so gesagt haben: „Ach der alte krüppel, der sommers und winters noch zu später nachtstunde in unserem friedhof herumfuhr? Der in so ein schwarzes schulheft schrieb, das er am ende zerriß?" Dem ist nichts hinzuzufügen.

[39] Der Morgennock (1570 m) ist mit dem Mittagsnock (1370 m) so etwas wie das hausbergzwillingspaar der aibelner; aufgrund ihrer geringen höhe und der daraus folgenden, im übrigen ziemlich dichten bewaldung bis auf die gipfel hinauf, vielleicht aber vor allem auch darum, weil sie zu den Sarntaler Alpen gehören und die sarner für die städter rundum lange zeit nichts anderes eigentlich als witzvorlagen gewesen sind, werden sie von den klausnern, mit anschließendem gelache, auch heute noch als „Sarner Prüscht" bezeichnet. Ob die sarner aber wirklich kleiner als andere sind? Und noch habe er niemand gefunden, der ihm den witz hätte auflösen können, sagt F.; bis heute bleibe ihm das lachen aus.

habe der einfach an ihm vorbeigeschaut, als gäbe es ihn nicht; und als er später mit dem geschossenen rehbock wieder über dieselbe lichtung nach hause sei, da sei der noch immer da gelegen und habe wieder nur an ihm vorbeigeschaut, immer an ihm vorbei, als er ihn angeredet habe. Am abend habe es ihm keine ruhe gelassen, da sei er noch einmal hinauf, da könnte ja doch etwas gewesen sein –; aber da sei dieser mensch schon weg gewesen und die paar zirbmstämme auch.[40] Und etwa zur selben zeit, etwa eineinhalb monate danach, hätten zwei buben einer verdingser grundschulklasse, die sich beim herbstwandertag von ihrer klasse entfernt – „Weil ich einmal pieseln mußte, ich lüge nicht!", hätten sie zur strafe hundertmal schreiben müssen – und dann nicht mehr zurückgefunden hätten – erst am späten abend seien sie von der bergrettung in, „seltsamerweise", heißt es, „erheblich euphorischem Zustand" in der nähe des klosters Säben entdeckt worden – auf einen mann gestoßen, der, „wie eine Schlange sich vorwärtswindend", einen baumstamm hinter sich hergezogen habe an einem seil; „einen Zirbmbaum", hätten die zwei buben übereinstimmend gesagt, und weil er so schwer weitergekommen sei mit dem zirbmbaumstamm, da hätten sie ihm halt geholfen, und er habe sie auch, als sie ihre jause fertiggegessen und ihren saft ausgetrunken gehabt hätten, von seinem zeug

---

[40] Vgl. *Seltsame Begebenheiten aus dem letzten Sommer*, in: Echo. 14-tägiges Informationsblatt für Latzfons – Verdings – Garn, Jg. 6, Nr. 23 (1997), S. 8 – 10, S. 8

essen und aus seiner flasche trinken lassen, das habe „cool" geschmeckt.[41] – In den folgenden jahren, sagt F., sei von Sültzrather eigentlich keine rede mehr; die umfangreichsten recherchen hätten kaum etwas zutage gefördert, nur das gerede der leute dort; etwa daß er tag und nacht nichts mehr getan habe „als bücher zu schnitzen, immerzu bücher zu schnitzen". Aus zirbmholz, ja – und in den letzten sommern habe er sie geschnitzt mit seinem militärmesser und in den wintern habe er sie verheizt. So die einen; und die anderen: Nein, er habe in den letzten wintern seine gesamte, diese über die gesamte wohnung verstreute bibliothek verheizt und buch um buch mit seinen zirbmholzbüchern ersetzt. Was auch immer: Er, F., jedenfalls, als er schon von der Hundskehle[42] einen zirbm geholt gehabt habe, um diese legendäre, durch nichts gesicher-

---

[41] Vgl. *Seltsame Begebenheiten aus dem letzten Sommer*, S. 9. In den bericht eingefügt sind auch die zeichnungen der zwei buben, auf denen ein einen baumstamm ziehender mann zu sehen ist; eine ähnlichkeit mit Vitus Sültzrather ist allerdings nicht erkennbar, eher gleicht er den bildern von Rübezahl. Aber auf beiden zeichnungen fehlt dem mann, der die linke hand wie zum abschied hebt, dort der kleine finger; und der mußte Sültzrather nach dem sturz vom gerüst, wie aus unterlagen hervorgeht, aufgrund seiner zertrümmerung ja amputiert werden.

[42] Die Hundskehle (2561 m), auch Hundskehljoch, sei jener übergang vom Ahrntal ins Zillertal, über den sein vater in der faschistenzeit schweine etwa oder saccharin geschmuggelt habe, sagt F.; und vor allem aber habe er, F., einmal, als kleines, vielleicht neunjähriges kind, nach der ersten gemeinsamen überquerung, von dort einen kleinen zirbm mitgebracht, den er eigenhändig, in einer sicherlich wenigstens einstündigen arbeit, so F., ausgegraben und dann im garten, zwischen einem apfel- und einem kirschbaum und ganz in der nähe der bienenhütte, wieder eingegraben habe: Letzteres, ja, sei ihm als die leichtere

te sültzrathersche zirbmbibliothek,⁴³ die ihm – in der auslöschung von allem geschriebenen und doch eigentlich als ein ding, endlich, an sich⁴⁴, „darinnen das Geschriebene wie als ein Unauslöschliches ruht"⁴⁵ – als die vollendung der literatur immer erschienen sei, seit er, wenn auch nur in andeutungen, mutmaßungen, gespinstereien auch, gehört habe davon, nachzuschnitzen und so das letzte, „das abschließende und zu einem vollen ende gebrachte werk Vitus Sültzrathers"⁴⁶,

---

arbeit erschienen. Vor ein paar jahren habe dieser zirbm dann den garten zu sehr überragt und beschattet und sei so vor allem seiner mutter so etwas wie ein dorn im auge gewesen – da habe er ihn gefällt, habe das wurzelwerk ausgegraben und in den nahen wald gebracht. Sonderbar nur, nein, sondern wunderbar, so F., daß dies etwa zu der zeit gewesen sei, als Sültzrather, wenn es denn Sültzrather gewesen sei, den der latzfonser jäger und die zwei verdingser schulbuben gesehen hätten, seinen zirbm vom Morgennock geholt habe.

⁴³ Wo das papierene werk, diese Sültzrathers wohnung füllenden papierstöße oder -türme, wohl zu finden sei, wenn überhaupt? Ob es am ende –, aber er gebe die hoffnung nicht auf, sagt F.

⁴⁴ „Der Unterschied aber zwischen Wahrheit und Traum, wird nicht durch die Beschaffenheit der Vorstellungen, die auf Gegenstände bezogen werden, ausgemacht, denn die sind in beyden einerley, sondern durch die Verknüpfung derselben nach denen Regeln, welche den Zusammenhang der Vorstellungen in dem Begriffe eines Objects bestimmen, und wie fern sie in einer Erfahrung beysammen stehen können oder nicht. Und da liegt es gar nicht an den Erscheinungen, wenn unsere Erkenntniß den Schein vor Wahrheit nimmt, d. i. wenn Anschauung, wodurch uns ein Object gegeben wird, vor Begriff vom Gegenstande, oder auch der Existenz desselben, die der Verstand nur denken kan, gehalten wird." (Immanuel Kant, *Prolegomena zu einer jeden künftigen Metaphysik die als Wissenschaft wird auftreten können*, Frankfurt und Leipzig 1794, S. 65 – 66)

⁴⁵ Vgl. den brief von Susette Gontard-Borkenstein an Friedrich Hölderlin, geschrieben in Frankfurt ende september / anfang oktober 1798.

⁴⁶ „„Die Welt endet in einer Katastrophe, alles endet in einer Katastrophe! Dieser Apfel endet in einer Katastrophe, dieser Baum endet in einer

so F., wenigstens so in erinnerung zu rufen wie vielleicht einst römische künstler die werke der griechen. Und so, als kopie, also zu retten, was nie zu retten gewesen wäre, nie zurückzurufen in die zeit, aufzurufen als jenes, als dieses: „vollkommen makellose werk". – Einige tage davor habe er einen anruf erhalten, ein mann habe zwei sätze gesagt, sonst nichts: „Sie können das letzte werk Sültzrathers abholen. Wo der Blanken Bach in den Thinne Bach mündet, da steht's."

Katastrophe, dieser Citroen endet in einer Katastrophe, dieser Dreck endet in einer Katastrophe, dieser Esel endet in einer Katastrophe, dieser Falott endet in einer Katastrophe, dieser Garten endet in einer Katastrophe', und so weiter, bis ans Ende des Alphabets, bis zum alles einschließenden Schluß, seinem Amen: ‚Die Welt endet in einer Katastrophe, alles endet in einer Katastrophe!', was zugleich auch immer der Anfang gewesen ist, die Eröffnung der Litanei, und was wir zu wiederholen hatten. Und ich war vor allem fasziniert von dieser ‚Kater-Strophe', diesem Schwarzen Kindheitsloch; manchmal, leise, habe ich ‚Katzen-Strophe' gesagt. – Mein Großonkel hat die Welt in eine Litanei getan, in viele Litaneien hat er sie zu fassen versucht: einmal männlich, einmal weiblich, einmal sächlich, und dann wieder die Geschlechter vermischt. Je älter er wurde (oder je älter wir geworden sind?), umso häufiger, umso leidenschaftlicher hat er uns (oder sich?) die Welt in eine Litanei getan – und sie so, vielleicht, für uns zu retten versucht." (Isidor Sültzrather, *Mein wunderbarer Großonkel*, S. 139)

„Oh, wie möchte ich ein Reiser sein!"
Einige fußnoten aus dem leben des dichters
Vitus Sültzrather

> „Sonst habe ich die Reisen immer entlang der Nagelwand gemacht."
> (Vitus Sültzrather, *Notizbuch N° 6*)[47]

[47] Vitus Sültzrather, *Notizbuch N° 6*, Aibeln 1974, S. 17

Dies wäre in wahrheit – wenn man sie dem leben nachdehnte – eine lange geschichte; sie sei hier aber, aus platzgründen[48], nur kurz erzählt. Daß nämlich der aibelner dichter Vitus Sültzrather, von dem endlich wieder die rede ist in den letzten monaten, so daß eine auferstehung, ein ausschlagen seines werks nach den vielen wintern des vergessens, doch möglich zu sein scheint, sich in seinen jugendlichen jahren[49] in der folge der moritzschen *Reisen eines Deutschen in Italien in den Jahren 1786 bis 1788*, einem seiner ersten lieblingsbücher sicherlich, zu einem reisen entschlossen hat[50], das dem des Heinrich von Kleist vielleicht in

---

[48] „... / und fehlte der Seele am heimischen Ort / das abendleuchtende Himmelswort – / fehlt ihr ihr Platz, zieht sie fort u. fort / .. " – Dies sind drei verse aus dem sonett *Unterwegs IX* des noch jugendlichen, elegisch romantisierenden Vitus Sültzrather, die nichts aussagen über seine spätere einstellung dem reisen gegenüber. Und zitiert sind sie hier nur, weil sie schon öffentlich gemacht worden sind; nämlich in: Isidor Sültzrather, *Mein wunderbarer Großonkel. Erinnerungen an den Dichter Vitus Sültzrather*, Klausen 2012, S. 16; das unheil, willentlich nicht veröffentlichtes zu veröffentlichen, ist also sozusagen schon angerichtet.

[49] Noch vor der vielleicht alles entscheidenden zäsur im leben des Vitus Sültzrather, nämlich dem sturz des zimmerers vom baugerüst und dem darauf folgenden ausbruch, dem darauf folgenden aufbruch einer dichterexistenz.

[50] So geht es, meines erachtens, hervor aus seinen aufzeichnungen in den wenigen und immer wieder abgebrochenen, immer wieder angefangenen tagebüchern, die in wirklichkeit aber eher tagehefte gewesen seien, wie sein großneffe Isidor Sültzrather in den *Erinnerungen* schreibt (vgl. S. 8). Insbesondere der darin zitierte satz „Oh, wie möchte ich ein Reiser sein!" (S. 9) ist sicherlich ein beleg einerseits dafür, daß Karl Philipp

nichts nachgestanden hätte als suche, als flucht. Sein legendärer sturz von einem baugerüst und die folgende querschnittlähmung haben aber diesem realen reisen ein ende gesetzt und das fiktive reisen angefangen.⁵¹ – Aber mit Rut, der tochter seiner zugehfrau Notburga T., ist er einmal, für ein paar tage nur, hinunter nach Bologna, nach Ferrara, nach Padova⁵²; weiter hinab,

---

Moritz' *Reisen eines Deutschen in Italien in den Jahren 1786 bis 1788* damals eines der lieblingsbücher des zimmerers Sültzrather gewesen ist (: auf dem vorderen schmutztitelblatt des exemplars, das ich im sommer 2009 auf einem flohmarkt aufm parkplatz des skigebiets Speikboden erworben habe, steht links unten „V. S." und rechts unten „April 50") – und ist sicherlich ein beleg andererseits dafür, daß er, in seiner nachfolge, so wie der Anton Reiser hat reisen wolln –. Nicht?

⁵¹ So, wie die joyceianer den 16. juni heiligen als tag, an dem sich „Leopold Bloom in eine Odyssee durch den Dubliner Alltag stürzte" (www.spiegel.de/reise/staedte/dublin-feiert-joyce-die-ewige-wiederkehr-des-leopold-bloom-a-299783.html), so heiligten die sültzratherianer, bevor sie aus der öffentlichkeit verschwanden oder vielleicht doch auf eine sehr merkwürdige art ausgestorben sind, den 18. mai als tag der entpuppung des dichters Sültzrather. „Als ob ein Meteor vom Himmel gefallen wäre, fiel uns der Dichter Sültzrather vom Baugerüst", hat einmal einer der sültzratherianer gesagt; ich weiß nicht mehr, wo.

⁵² Eine geschichte, die man einem letzthin und seitdem das interesse vor allem am leben ihres ehemaligen nachbarn im steigen zu sein scheint, in Aibeln geradezu aufdrängt (in klammern, gewissermaßen, oder unterderhand; weswegen sie hier auch (nur) als fußnote angefügt ist), erzählt, daß die beiden nichts anzuschauen gewußt hätten, jedenfalls habe die Rut einem nie etwas zu erzählen gewußt von diesen ja mehr als sehenswürdigen städten, da sie sich vor allem, auch zum essen, in den verschiedenen hotelzimmern aufgehalten hätten in den paar tagen, wo der querschnittgelähmte Kalber Vitus, der ja der einzige sohn des Kalberbauern und diesem nach dem sturz vom baugerüst in nichts mehr eine hilfe, sondern ein ganzes leben nichts als eine last gewesen sei – der Kalberhof sei ja zugrunde gegangen wegen dem, der habe die weingärten ja vollkommen verkommen und verwildern lassen und nichts als geschrieben die ganze zeit oder was. Wo der Kalber Vitus in den nächten, die er schlaflos neben der Rut gelegen habe –: Ja, das wis-

nach Firenze, nach Roma, nach Napoli sogar, seien sie nicht, erzählt das gerücht. Was es sonst noch erzählt, über die fußnotengeschichten, sozusagen, weit hinaus – dazu ein andermal, wenn mehr platz ist, mehr.

---

se man, der habe kein auge zugetan, gut nur, daß ein querschnittgelähmter zu nichts imstande sei, sonst hätte der sich wahrscheinlich –: „Ja wieso hat die Schilcher Notburga, die sich der Kalber Vitus am ende ja kaum noch hat leisten können, die hat zum schluß ja die paar lire, die sie für all die arbeit bei ihm verlangt hat, einfordern müssen fast mit gewalt, ja wieso hat die die Rut überhaupt mitfahren lassen mit dem!?" – –: Aber darüber, was der, wenn er gekonnt hätte, wenn er, wie solle man sich ausdrücken, um nicht .. also wenn der „herr über seinen unterleib" gewesen wäre .. aber darüber sage man nichts, man sei ja schließlich kein .. und der Kalber Vitus .. ja vielleicht seien seine bücher doch etwas wert und .. nein, gelesen habe man sie nicht, nur in der hand, ja, das schon, aber die seien sicher nichts für –: „Wir lesen nicht viel, nein!"
Und eine andere geschichte ist etwas nachsichtiger und erzählt (auch sie in klammern und unterderhand, unterm strich), daß der Kalber Vitus, während der wach neben der Rut gelegen habe („In einem doppelbett!" – „Und wo die Rut ja noch fast ein kind gewesen ist!"), daß der da seinen kindheitsreisen wahrscheinlich nachgegangen und nachgereist sei. Denn der – „Stellen Sie sich das vor!", heißt es immer wieder in den (aufgeschichteten) erzählungen über den Kalber Vitus alias Vitus Sültzrather, ihren dichternachbarn oder nachbardichter –, der sei als kind manchmal stundenlang wie weg gewesen!, nicht mehr ansprechbar! – „Stellen Sie sich das vor!" –: als wäre er in einer anderen welt, sei der über seinem atlas gekniet! Während der Kalberbauer in seinen feldern oder im stall geschuftet habe, sei der seinen träumen nachgereist .. oder vielmehr: „nachgerutscht": auf den knien in der stube nachgerutscht. Von einem „Mondarien" oder „Mondirien" habe der Kalber Vitus als bub immer geredet, daran erinnere sich ja jeder im dorf, und: „Wie vollkommen abwesend, wie aus der Stube weg, wie nicht auf der Welt!", habe die Kalberbäuerin immer wieder gesagt, wenn sie von ihrem Vitus geredet hat. (Doch wer wisse schon, was in dem vorgegangen sei, das alles sei schon im buben angelegt gewesen, der habe es dann im leben nicht leicht gehabt –. Aber irgendwie sonderbar sei so einer schon, nicht? Und da könne einem das gutreden, wie es sich für einen toten gehört, schon vergehn ..)

„Und die arche ruhte sich endlich zwischen den wassern aus."⁵³
Die geschichte von Bezalel, der im schatten Gottes ist.

„ VND der HERR sprach zu Noah / Gehe in den Kasten /
du vnd dein gantz Haus / Denn dich hab ich Gerecht ersehen
fur mir zu dieser zeit."
(1. Mose 7, 1)⁵⁴

„Den plan für mein schiff
zeichnete ich in den sand – dann stellte ich den kiel auf
Am fünften tag sah man bereits den rumpf:"
(Raoul Schrott, *Gilgamesch*)⁵⁵

„Der himmel ist blau, laß uns gehn;
laß uns weggehn von hier, wo der vater ist,
in seinem schatten gehet ein mensch nicht auf."
(4B 68 11 IV 2 – 3)

[53] 4B 68 11 VI 2 – Dieses „kleine epos in versen", sagt F., habe ihm, „neben anderem papier" – „zu meinem großen erstaunen!" – Isidor Sültzrather, Vitus Sültzrathers großneffe, am rande einer sültzrathertagung, an der, wie zu erwarten gewesen sei – „die enttäuschung hat gleichwohl die tagung wie ein trauerrand eingerahmt" – nicht einmal zwei handvoll leute teilgenommen, mit den worten übergeben: „Machen Sie damit, was dafür das beste ist .."; für sein großonkelbuch sei die entdeckung dieses „dachbodenkonvoluts" zu spät gekommen. Leider, sagt F., sei der text undatiert. Er müsse ihn aber gegen ende seines lebens geschrieben haben, sei doch Raoul Schrotts *Gilgamesch* erst in Vitus Sültzrathers todesjahr herausgekommen; und auch, wenn er kontakt gehabt hätte zu Schrott, wenn er darum nun schon vor der veröffentlichung der übersetzung einige passagen daraus oder auch nur die drei verse des einen mottos gekannt hätte, die niederschrift könne nur in den allerletzten lebensjahren erfolgt sein. Vielleicht, als er sich in der arche aufgehalten habe, die er sich am ende seines lebens habe bauen lassen, sagt F., in jener holzpalettenarche, von der noch die rede sein soll.

[54] 1. Mose 7, 1; Luther 1545: Letzte Hand

[55] Raoul Schrott, *Gilgamesch. Epos*, München Wien 2001, S. 148

1

Und Bezalel sagt, der Verschwiegene,
der im Schatten Gottes liegt, sagt; leise
sagt er, Bezalel: „Der himmel ist blau,
laß uns gehn; laß uns weggehn von hier,
wo der vater ist, in seinem schatten
gehet ein mensch nicht auf." Und auf
steht er des Nachts und gürtet sich; und
steigt über Noah, den Vater, der liegt
auf dem Rücken und schnarcht; der
schnarcht wie – –: Kein Vergleich fällt
ihm ein, indem er das denkt. Aber den
Speer stößt er ihm nicht in den Bauch,
wie er's in den Nächten, wenn er müd ist
von den Befehlen des Vaters, vom all-
woher donnergrollenden Wort[56], träumt.
Denn der Vater, wenn die Sonne am
höchsten steht, treibt der ihn mit Flüchen
aufs Feld, und in den Nächten, wenn er
träumen will, von Safina träumen will,
die sein Herz erhört – und die weit ist,
weit, zwei mal zwölf Felder von hier,
muß er zu den Ziegen hinaus, in den

---

[56] „Plötzlich werd' ich sodann den Tag durch Wolken verdunkeln; / all von dem Donnergerolle soll krachen das Himmelsgewölbe." (Gottfried August Bürger: *Bürger's sämmtliche Schriften. Sechster Band.* Herausgegeben von Karl Reinhard, Wien 1798, S. 81)

Frost –: Nur der in der Sonne brennt, nur
der in den Nächten friert, allein der
wird vorm HERRN dereinst gerettet
sein, sagt Noah, der allem großmächtige
Vater, schon fast sechshundert Jahre ist er
alt, seinem Sohn. Aber der, der Zweitgeborene[57],
mit langen Schritten geht er davon –; auch
seinem Bruder Sem, der noch sein älterer
Bruder ist, auch seinem Bruder Ham, der
noch sein jüngerer Bruder ist, auch seinem
Bruder Japheth, der noch sein jüngster Bruder
ist, mit fast lautlos das Land messenden
Schritten davon. Seinen Teppich, diesen Mannmacher von Anbeginn[58], den er jetzt um die
Hüfte gebunden hat, zieht er – wie eine Schleppe,
wie eine Egge – hinter sich her: So löscht

---

[57] Vgl. 4B 68 11 IV 7. – Noch weiß er nicht, Bezalel, nie wird er's wissen, daß er einmal „Bezalel, der Ungenannte" genannt werden wird in der einen schrift, die ihn nennt; gefunden, erzählt die legende, von einem hirten auf der suche nach einer ziege; in einer höhle am fuße des hügels Babh, in Qumrannähe.

[58] Die tradition, daß ein junge als zeichen seiner geschlechtsreife einen vom vater gewebten teppich geschenkt bekomme, den er von nun an immer bei sich haben müsse bis zum tod, reiche, heißt es, bis zu den ungleichen brüdern Abel und Kain zurück, denen ihr vater Adam jeweils einen teppich geknüpft habe: dem einen, Abel, einen mit schafen, ohnezahl, mit weideland, dem anderen, Kain, einen erdfarbenen. Und seit Kain seinen bruder Abel in dessen schafsteppich gerollt und also geschützt und also verhüllt in seinem acker begraben oder vielmehr eingegraben habe, werde jeder nachgeborene mann – bis weit in die zeit herauf – in seinen vaterteppich (oder, wörtlich übersetzt: mannmacher) gerollt nach dem tod und darin unter die erde getan, in ackererde hinein.

er sich aus. Und schon, noch bevor die Sonne
aufsteigt –: Um die ausgemachte Stunde
ist Bezalel bei ihr, die sein Herz, die
sein Leben, die sein Augenstern ist[59] und
bald Ephrem, seinen erstgeborenen Sohn,
unterm Herzen trägt: seinen einzigen
Sohn[60]. „Safina"[61], sagt er – und schon
ist der Baum, wo sie auf ihn, den
ihr von niemand Versprochenen,
wo sie, „in dunkelem Tuche verborgen
in der dunkelen Nacht"[62], auf Bezalel

---

[59] Vgl. 4B 68 11 IV 13. – Und vgl. auch den brief Heinrich von Kleists an Adolfine Henriette Vogel vom 20. 11. 1811, in: Heinrich von Kleist: *Sämtliche Werke und Briefe. Band 1*, München 1977, S. 46 („Mein Jettchen, mein Herzchen, mein Liebes, mein Täubchen, mein Leben, mein liebes süßes Leben, mein Lebenslicht, mein Alles, mein Hab und Gut [..] meine Eingeweide, mein Augenstern, o, Liebste, wie nenn' ich Dich? [..]")

[60] Laut neuesten forschungen gebe es hinweise darauf, daß die fanesleute Ephrem als stammvater gepriesen hätten in einem nur noch als fragment erhaltenen gesang; im bauch seiner arche, die als regenbogen sichtbar werde (der regenbogen als ein das himmelsmeer querendes schiff), errette er sie vor weiteren wassern, vor der alles verschlingenden flut (vgl. die verblüffenden parallelitäten in 1. Mose 9, 12 – 17; Luther 1545: Letzte Hand). Der schweizer gelehrte Marcel Wyss, der diesen hinweisen nachgeht an der Freien Universität Bozen, will das (noch nicht datierte) fragment im übrigen zufällig entdeckt haben auf einem dachboden seines alljährlichen urlaubsdomizils in Rina (dt. Welschellen). So trage, heißt es halb scherzhaft und unterderhand, der „Urlaub auf dem Bauernhof" vielleicht nie geahnte früchte in unser land.

[61] „27. März 1855. Ach, hätt' sie Safrina geheißen, was wäre das doch für den Lago di Rina, unsern thraumhaften Glittner See, für ein herrlich Glück!" (Johann Kaspar Wolff, *Untermojer Tagebuch*; das „ein weiterer teil des dachbodenkonvoluts" gewesen sei, sagt F.)

[62] Franz K. Schwindt (Hrsg.): *August Graf von Platens Gedichte aus dem Nachlaß*, Leipzig o. J., S. 132

wartete in der mondlosen Nacht, nun
wieder allein. Kein Schatten erzählt
beider Furcht, kein Sandkorn erzählt
beider Glück, als sie ihre Arme
umeinander legten – und aneinander
ihren Mund.

2

Bezalel, heißt es weiter im sogenannten
Babh-Bericht, habe die Worte des HERRN
gehört, die dieser zum Vater sprach: „Geh
in die Arche, du und dein ganzes Haus,
denn dich habe ich gerecht erfunden
vor mir zu dieser Zeit." Da habe er
gewußt, jetzt müsse er fort: Wenn er den
Vater nicht töten wolle im himmellosen
Schiff – denn einer käme dem andern da
nimmer aus, wie es dann, in einem Märchen,
einmal heißen wird[63] –, dann muß er jetzt
fort. Von Abel nämlich, dem bruder Kains,
habe er schon in seinen ersten Jahren,
wenn sie ums Feuer saßen im Zelt oder
unterm unendlichen Wüstenhimmel, wie oft
habe er da von Abel gehört: Daß es ein
Leichtes sei, seinen Bruder zu töten, hat er
gehört, und immer sich gefürchtet davor.

---

[63] Ulrike Kindl (Hrsg.): *Märchen aus den Dolomiten*, München 1992, S. 12 und S. 218

Nicht getötet zu werden, fürchtete er
sich: von Sem, von Ham, von Japheth,
den drei Brüdern, wie sie im Buche
stehn –, nein, selbst zu töten, das ging
ihm untertags in Noahs Feldern, das ging
ihm nachts bei Noahs Ziegen, das ging
ihm im Kopf in seinen Träumen um. Und
bald wußte er auch, wie Abraham einst
Isaak, so würde er, von Gott nicht
gerufen, Noah, den Vater, einmal töten;
und da hielte ihn dann –: Kein „Engel
des HERRN"[64] hielt ihn dann davon
ab. Und so mußte er jetzt fort, sofort –
und mußte sich sein eignes Schiff bauen[65],
gegen die alles überschwemmende
Flut, die als „Sindflut"[66], als „Gotteszorn"[67]
hereinbrechen würde übers Land, mußte sich
sein eignes Schiff bauen –: gegen seinen Zorn,
der seine Seele überschwemmte, wenn er
mit dem Vater im Bauch seiner Arche wär –:
Nacht um Nacht, zwölf Monde schwer[68].

---

[64] Vgl. 1. Mose 22, 1 – 19; Luther 1545: Letzte Hand
[65] In einer erst vor wenigen wochen in einer höhle am fuße des Babh gefundenen schriftrolle, die auch dem sog. Babh-Bericht zugeordnet werden könne, werde, so heißt es, auch der name der arche Bezalels genannt. Denn da stehe der satz: „Und die arche soll Timshel heißen – du kannst!"
[66] 1. Mose 6, 17; Luther 1545: Letzte Hand
[67] 4B 68 11 III 17
[68] Die zeitangaben sowohl im Buch Mose als auch im Babh-Bericht lassen auf eine überschwemmungsdauer von etwas mehr als einem jahr schließen; aber während Noah „am sieben vnd zwentzigsten Tage des

3

Die Zeit der Dunkelheit aber, die Zeit der
Wasser erzählt der Babh-Bericht nicht. Er
erzählt nicht die Angst und die Hoffnung,
die im Bauch der Arche Bezalels ist. Er
erzählt nicht das Schlafen das Wachen und
all das Schrein und Verzeihn, das in den
Worten noch nachhallt, die die Zeit erzählen
nach dem Ausstieg aus der Arche, „zwischen den
wassern"[69], am Rande des sagenquellenden
Fanesgebiets. Er erzählt nicht, wie Safina,
Bezalels Augenstern, im Bauche der Arche
Ephrem in die Nacht hinauspreßt, im Heulen
der Winde, im Brüllen der Tiere, im Stöhnen
des Schiffs, das in den Wogen fast birst. Wie
Ephrem schrie, erzählt der Babh-Bericht
nicht: Wie der schrie, wie der schrie, wie er nie
aufhört zu schrein – bis die Wolkenmassive
sich endlich klüfteten, bis das Wolkengebirge
zerbrach, bis zwischen den Bohlen des
Achterdecks, wo schon das Wasser herein-
tropfte, in einem Rhythmus, der das Leben
mit Fäden maß, das Licht in den Bauch
der Arche Bezalels drang – –

---

andern Monden" auf geheiß Gottes an land geht (1. Mose 8, 14 – 19; Luther 1545: Letzte Hand), verläßt Bezalel seine arche schon „am elften tag des ersten monats" (4B 68 11 V 22) – und ohne daß von einem geheiß Gottes die rede wär.

[69] 4B 68 11 VI 2: „Und die arche ruhte sich endlich zwischen den wassern aus."

Ach, erzählte
der Babh-Bericht, wie es da plötzlich still
wird mit einem Mal!

Ach, erzählte er, wie
Bezalel eine Luke aus den Sparren hebt
und wie die stickige, die erstickende Luft
hinausstiebt in die Himmel hinauf und
wie die Lungen sich füllen und ein Husten
lostobt und ein Lachen und Plärrn, ein
wildes Lachen und Plärrn.

Doch wie Bezalel
hinauslugt ins Gebirge, hin zu den Ufern des
Sees, in dem die Arche nun ruht, und wie er, die
Hände zum Schallrohr geformt, hinaufschreit
zum HERRN: „Da, HERR, bin ich auch!"[70], das
erzählt der Babh-Bericht, da setzt er die Sage
Bezalels fort – und erzählt nun, wie Bezalel
und „sein Alles, Safina"[71], in der Arche wohnen
bleiben, „zwischen den wassern"[72], heißt es,
und wie Ephrem am Wasser zum Manne wächst
und dann hinab in die Täler

und hinaus ins Gebirge geht. –

---

[70] 4B 68 11 VI 14
[71] 4B 68 11 VI 15
[72] 4B 68 11 VI 21: „Und wohnen in der arche hinfort, bleiben zwischen den wassern, und unter ihnen vielerart fische und an den ufern, siehe, viel gehörntes getier." (Vgl. auch die fußnote 69.)

                                                                Und
wie Ephrem zurückkehrt, erzählt er noch,
da ist er schon fast einhundert Jahre alt – und
wie er den Vater die Mutter sucht –:
                                                   „Bezalel!
Safina!" – Aber die Arche ist leer.[73]

---

[73] Wie in der zweiten hälfte des 19. jahrhunderts der neubuckower kaufmann und privatgelehrte Johann Ludwig Heinrich Julius Schliemann die homerischen epen als einen tatsachenbericht las (und Troja fand), so las auch der brixner architekt Armin Blasbichler den Babh-Bericht als einen bericht nach der wirklichkeit und machte sich auf, den ort zu finden, an dem Bezalels arche „sich zwischen den wassern aus[ruhte]" (4B 68 11 VI 2), wie es im Babh-Bericht so wunderbar heißt (in 1. Mose 8, 4 [Luther 1545: Letzte Hand] dagegen heißt es: „[..] lies sich der Kaste nider [..]"). – Und am 28. august 2007, als er sich im Glittner See (eine idyllische, 2151 m hoch gelegene oase inmitten von Petschied und Glittner Joch und Onach und Zwischenwasser und Rina und Antermoia und Maurerberg und Ju da Val und Gschlierer Alm und Pekul Alm und Falleralm) abkühlte, während die sonne hinterm Peitlerkofel versank, schimmerte im letzten licht irgendetwas eigenartig grün („Malachitgrün? Smaragdgrün?") im see, das er, hinuntergetaucht auf den grund, als eine fast einen halben meter breite, vielleicht fünfzehn zentimeter dicke und viele meter lange, leicht gebogene planke erkannte, die, über und über mit seltsamen, in dieser gegend nicht erwarteten, grün leuchtenden muscheln besetzt, aus einem irgendwie holzigen, fauligen schlamm herausragte. – Die folgenden untersuchungen ergaben, daß die sog. „glittnerseeplanke" aus einer libanon-zeder geschnitten worden war; und: daß im Glittner See die reste eines riesigen, kastenförmig gebauten schiffes (nicht unähnlich dem schiffstyp der tiertransporter) großteils sich aufgelöst haben mußten: Es könne, heißt es, kein anderes gewesen sein als die arche Bezalels, Noahs verschwiegenem sohn.

Flur, friedhofsmauer; oder was uns nicht trennt.
("Aber nun dauert's nicht mehr lang, nein.")

„Untersuchen, wie die Wörter es aushalten nebeneinander."
(Vitus Sültzrather, *Notizbuch N° 7*)[74]

[74] Vitus Sültzrather, *Notizbuch N° 7*, Aibeln 1976, S. 38

Nachdem R. auch an diesem tag[75] alles, was von ihm erwartet wird, ordentlich und scheinbar zu aller zufriedenheit befolgt hat: immer mit einem lächeln im gesicht, immer sich bedankend für alles, wofür ein dank möglich ist, die rolle des altenheiminsassen immer überzeugender, immer ungespielter spielend, je mehr er sich abgefunden hat mit dieser letzten ihm zugedachten rolle in seinem leben, sodaß sich kaum jemand mehr vorgestellt hat schon bald nach seiner

---

[75] Es ist der 20. oktober 2012, ein milder herbstsamstag, an dem sein sohn W. zwei letzte fotos des vatergesichts machen wird und dann, irgendwann im fast wortlosen zwiegespräch, noch eines vom altenheimgarten (gegen die den garten wie ein paradies ausleuchtende abendsonne, so scheint es W., wenn er ins foto schaut –: „Schau", sagt er, „vielleicht wie das paradies!") und an dem nichts sich ereignen wird, was den ehemaligen nachrichtenfetischisten, was den leidenschaftlichen nachrichtensammler R. noch irgendwie interessiert. Auch nicht, daß in Rein, wo er vor einem halben jahrhundert den Reinbach verbaut hat und einer liebe ausm weg ist, fast bevor sie ihn traf, der almabtrieb am abend mit einem sogenannten herbstfest gefeiert werden wird? Oder daß der mutmaßlich siebteundjüngste sohn des libyschen revolutionsführers oder diktators Muammar Muhammad Abdassalam Abu Minyar al-Gadaffi, Chamis al-Gaddafi, zum wiederholten male getötet werden wird? – „Vielleicht das." – Aber eigentlich, wird behauptet, sei es auch für diese ereignisse in seinem leben schon zu spät. (Vielleicht daß in Lourdes, diesem marienerscheinungsort schlechthin, fast 500 pilger aus einer nach einem unwetter vom fluß Gave de Pau überschwemmten grotte durch die feuerwehr gerettet werden müssen und nicht Maria, die MUTTERÜBERALLES seiner verstorbenen und glücklicherweise in wachsendem maße nun auch schon verstobenen frau, wundertuend eingreift, hätte ihn in seinem katholischen unglauben bestärkt und eines dieser wunderbar hellen lächeln in sein fast runzelloses neunzigjähriges gesicht gezeichnet.)

einlieferung[76], daß R. eine andere rolle sich vielleicht doch noch vorstellen kann –; nachdem R. alles, was in den ersten stunden des von den fürsorglichen altenpflegerinnen schon am vorherigen tag vorgeschriebenen tages[77], weil so vorgeschrieben, zu erledigen gewesen ist, auch an diesem tag ordentlich, wie gesagt, und zur zufriedenheit aller der für ihn zuständigen erledigt gehabt hat (Der altenheiminsasse R., heißt es, habe, wie schon die ersten besiedler seines tales[78], bald nur noch die jahreszeiten unterschieden und also das knospen und wachsen und blühn und dann das vergehn – und dann das ausrasten endlich, schneezugedeckt: Die sieben wochentage oder deren namen vielmehr seien ihm bald schon zu einem einzigen langen, durch die immergleichen und aufgrund der vorge-

---

[76] R. weiß im augenblick der einlieferung mit einem krankenwagen nicht, daß er ins altenheim verfrachtet wird und von nun an dort sein leben zu verbringen hat; anfangs glaubt er, er befinde sich im krankenhaus. Erst nach und nach wird ihm seine lage klar, die ihm soübernachtundwieauseinemhinterhalt aufgezwungen worden ist. – „Als man mich als kleinen buben, damit wir alle zu essen hatten, zu einem bauern getan hat: drunten im tal, ein paar steinwürfe weit, konnte ich hinaufschaun", sagt R. einmal zu W., „und manchmal hinaufflüchten, ja, heim. – Aber jetzt?" Noch das heimweh, das ihn im kriege gerettet habe, noch das heimweh sei ihm vergällt.

[77] Daß die altenheimtage zu einem großteil auch schon vor wochen und monaten vorgeschrieben bzw. aufgeschrieben werden in einem plan (aus notwendigkeit, heißt es, und: „Wo kämen wir hin, wenn da ein jeder einfach so in den tag lebte auf seine alten tage nach seiner eignen fasson?"), dies sei hier nur unterm strich erwähnt.

[78] In wahrheit, wirft Z. ein, habe es geheißen: „wie sonst nur die ersten besiedler des tals"; mehrfach, heißt es, habe sie dies gehört, nie aber dabei den dieser formulierung innewohnenden negativen beigeschmack empfunden oder herausgehört.

schriebenen fensterabgewandten schlaflage nicht einmal durch den mond[79] unterschiedenen schlafschwachen und schmerzschweren nächte unterbrochenen tag geworden.[80]), hat er sich, wie immer dankbar auf den arm einer der vielen fürsorglichen altenpflegerinnen gestützt[81], weil allein kommt R. keinen schritt voran, in den auf der sonnenuntergangsseite des altenheimes gelegenen garten bringen lassen und sich auf

---

[79] „Der Mond ist, wie wir spätestens seit den poetischen Verirrungen in sogenannter romantischer Zeit wissen, einer der größten Unruhestifter des Gemüths; darum wird sonders auch bei den Alten diesem Umstande Rechnung zu tragen sein, wenn es um ihre Schlafordnung geht." (Anastasius Klebenstein, *Versuch einer Anleitung zur ordentlichen Unterbringung von Alten in gemeinnützigen Häusern*, Innsbruck 1901, S. 73)

[80] „R. ist ein interessanter Patron, er erfindet sich immer neue Wörter. Ob der W. das Talent von R. hat, obwohl der ja nur seinen Namen schreibt?", soll die altenpflegerin G., mit der R. manchmal für eine kurze zeit dem flirten verfallen ist, ins tagesprotokoll geschrieben haben, habe der altenheimdirektor einer von R.s töchtern erzählt, zu lebzeiten noch. „Ziemlich wortwörtlich, ja."

[81] „Manchmal vergesse ich mich. Da ist mir manchmal für eine sekunde, als ginge ich am Mammes arm. Da erschrecke ich dann und schäme mich fast", hat R. einmal zu W. gesagt – auf der gewohnten altenheimgartenbank, die ihm zum bewohntesten von allem hier geworden sei, hat R., in seinem zweiten jahr, einmal zu W. gesagt. Ja. Immer wieder aber hat er, wenn er von den altenpflegerinnen geredet hat, das wort „fürsorglich" gebraucht – und weil es dieses wort im dialekt des tals nicht gibt, ist er dafür, für dieses eine wort nur, ins inzwischen standarddeutsch genannte hochdeutsch (so sagt man im tal immer noch zu diesem anderen, diesem als höher empfundenen deutsch): gefallen, ja, als verneige er sich davor.
Bevor R. in den zweitägigen schlaf gefallen sei, der seinem tod vorausgegangen ist, habe er wieder und wieder, vielleicht nicht nur, heißt es, weil er seinen furchtbaren schmerz losgewesen sei, gesagt: „Bin ich glücklich!", wobei es auch das wort „glücklich" eigentlich nicht gebe im dialekt des tals. Und R. habe dieses wort nach auskunft seiner kinder, in ihrer anwesenheit wenigstens, davor nie verwendet gehabt.

die eine, die „gewohntebewohnte"⁸² der vier verschöne-
rungsvereinsbänke gesetzt, nämlich die beim hinaus-
gehen in den garten gleich rechts, und hat dort gesessen und auf die friedhofsmauer geschaut, auf dem
seine ihm vorausgegangene frau nicht unter der erde
im aus fichtenholz gezimmerten sarg liegt, den er vielleicht lieber nicht gesehen hätte, so wie er seine frau,
die dörfer entfernt unter der erde wartet auf ihn, bis er
endlich heimkehrt zu ihr, an ihre seite, heim, wo er
hingehört⁸³, in ihren letzten tagen nicht mehr zu sehen
bekommen hat, nachdem er diese letzten tage, die im
grunde und in wahrheit auch seine letzten tage gewesen sind, diese letzten stunden seiner frau, mit der er
in etwas mehr als einem monat sechzig jahre erlebt
haben würde⁸⁴, nicht wie dieses „mehralseinhalbes-
jahrhundert", das beiden, je länger es wuchs, immer
knapper erschien: bei ihr, an ihrer seite, ihre hand hal-
tend, ihr trost redend und sich – „bis daß der tod", wie
er ihr versprochen hatte, wie sie ihm und er ihr noch
einmal versprach am fünfzigsten, am goldenen hoch-
zeitstag –, sondern: in einem ein paar meter entfern-
ten, von einem schmalen flur und zwei türen getrenn-
ten bett verbracht hat nach dem willen seiner tochter

---

[82] Zusammensetzungen sind R.s lieblingsworterfindungen gewesen. „Aber sag's keinem", hat er zur tochter S. gesagt.

[83] „Wo ich endlich hingehöre, da bin ich noch nie gewesen – und wie lange schon ist die Mamme heim?", wird R. an diesem altweibermilden oktobersamstag zu seinem sohn W. sagen, vielleicht während der ihn zwei letzte male porträtiert.

[84] „Oh, wie freute er sich! Oh, wie hatte sie sich darauf heimlich gefreut!"

F., aus gründen, die der erzähler lieber nicht erzählt, weil er sie, trotz all der anstrengung des verstands und um der schwester willen, der er ja der bruder ist, nicht begreifen kann –: Nein, nie.

Der altenheiminsasse R. sitzt auch am 20. oktober 2012, so einem altweibersommertag, von dem es heißt: wie er im buche steht, und an dem nichts geschehen wird, was in die dorfchroniken des tals eingeschrieben werden wird, wie gewohnt auf der verschönerungsvereinsbankbeimhinausgehengleichrechts[85] und schaut mit seinen fast blinden, den meist brennenden augen, die er sich reibt und doch: nicht zu reiben versucht, damit das brennen nicht wächst – „So als wär da schotter darin", sagt R., „als streute mir einer sand in die augen, granitenen sand, wie schmirgelpapier fühlt sich's an." – und schaut auf die friedhofsmauer, die ihn von den nachbarnunterdererde trennt, wie er die toten dahinter wörterverbindend nennt, und von der der blick immer wieder herüberwandert und heran und zwischen den kräutern und dem gemüse und den stauden herum[86], hinüber bis zu den paar kaninchen

---

[85] „Auch im winter saß er dort, allein, und hat auf die friedhofsmauer geschaut, eine decke um die beine gewickelt, an denen er nun gestorben ist, auch im winter saß er dort, warum?", hat der pfarrer in seinem versuch eines lebenslaufs nicht gesagt („Warum hat es ihm niemand gesagt?"), bevor er R. in die erde gesegnet hat.

[86] „Geehrter Herr W." usf., schreibt der altenheimdirektor am 11. jänner 2013, „gerne versuche ich, Ihnen, wie von Ihnen gewünscht, im Folgenden vollständig aufzuzählen, was in unserem Garten alles an Pflanzen sich, wenn auch nicht alles gleichzeitig, befindet: Schnittlauch, Oregano, Rosmarin, Majoran, Salbei, Lauch, Zwiebeln, Nelken, Pfingst-

und hennen am äußersten rand: Ja, spazieren, richtiger, geht im altenheimgarten sein blick, der ihm aber – beides: garten und blick – wie einem, der zu nah an einem gemälde steht, etwa eines Monet, eines Van Gogh, eines Renoir, in seine farben verschwimmt; so schaut er immer wieder ins ruhige blau des himmels hinauf, in dem die wolken jagen, wie wild. (Oder wie aufgescheucht?, denkt er; vielleicht.[87]) Daß hinter der mauer nicht der friedhof ist, von dem ihn diese verschwommene, zweimannshohe mauer trennt, stellt er sich vor, sondern der friedhof, in welchem die Mamme liegt. – Und bald wird er aufstehn von dieser verschönerungsvereinsbankbeimhinausgehengleichrechts, wird durch den altenheimgarten gehen, ohne sich noch zu kümmern, was da alles wächst und vergeht, wird das friedhofsmauertor durchschreiten und sich zur Mamme legen. Dann soll, dann wird es wachsen auf ihnen und blühn: mit stiefmütterchen und hornveilchen und vergißmeinnicht, mit tulpen und begonien

---

rosen, Hunds-Rosen, weiße und rote Rosen, Osterglocken, Krokusse, Löwenzahn, Klee, Gras, Johannisbeeren, Himbeeren, Erdbeeren, Fisolen, mehrere Salatarten, Rohnen, Radieschen, Meerrettich, Karotten, Blumenkohl, Grünkohl, Weißkohl, Brennnesseln, Unkräuter, einige Fichten und Birken, eine Trauerweide und eine japanische Korkenzieherlärche. Daß ich das eine oder andere vergessen haben werde, wird sich nicht haben vermeiden lassen. Dennoch hoffe ich, Ihnen .." usf.

[87] Aufgefallen sei ihm, sagt W., daß sein vater im altenheim bald nicht mehr, wie die menschen sonst, vorgeschriebene oder genauer: mündlich oder schriftlich vorgefertigte gefühlsbeschreibungssätze zum anlaß passend reproduziert habe. Also, denke er, habe er sich wohl auch im inneren vom jeweils zur situation passenden standardgefühl abgekoppelt gehabt.

und tränendem herz, mit chrysanthemen und narzissen und mit lilien und lebensbaum, mit schneeheide und ehrenpreis und silberblatt, mit scheinbeeren und roten rosen und –

Langsam und auf den arm einer der vielen fürsorglichen altenpflegerinnen gestützt geht R., fuß vorsichtig vor fuß setzend geht R. ins altenheim hinein; es ist die mittagessenszeit, an der kommt keiner vorbei. – Aber nun dauert's nicht mehr lang, nein.

Sekretärstraum

„Der Traum ist ein Schimmern, nicht Arbeit im Innern."
(Margret Kreidl, *Einzeiler*)[88]

„,[..] And see, it is not so sad a place as one might think.
Look, there is the sky, and here is the grass.'
,I know where I am,' he replied [..]"
(Herman Melville, *Bartleby*)[89]

[88] Margret Kreidl, *Einzeiler*, in: *Einfache Erklärung. Alphabet der Träume*, Wien 2014, S. 33
[89] Herman Melville, *Bartleby, the Scrivener. A Story of Wall-Street*, in: Putnam's Monthly Magazine of American Literature, Science and Art, Vol. II, July to December, New York 1853, S. 613

Eines abends, es soll gegen ende des sommers gewesen sein, kurz vor schulanfang, und die luft längst schon müde und träge und abgestanden, soll einer, den alle nur den Lehrer genannt hätten, namenlos, gegen das fenster des schulsekretärs von K., Innozenz Waldtpichler, welcher wohl noch, wie man danach die hier wiedererzählte begebenheit zu erzählen immer angefangen habe, mit irgendeiner buchhalterischen oder anderweitig rechnerischen vorbereitung des bald angehenden schuljahres beschäftigt gewesen sei, denn genau, vorbildlich genau, wie ihr schulsekretär Waldtpichler von allem anfang an immer schon gewesen sei, von kindheit an, ja, schon die geburt sei auf den ausgerechneten tag gefallen, vielleicht zwei stunden, wenn man es genau nehme, zu spät, habe seine mutter erzählt, vielleicht habe er den tag ja noch einmal nachgerechnet im letzten augenblick, habe sie gesagt und dabei immer lachend noch hinzugefügt: „Er wird einmal sicher ein ausrechner, mein bub", habe er eine jede arbeit immer schon wenigstens zwei tage vor dem sogenannten erledigungs- oder verfallstermin fertig gehabt, fertig haben wollen, um in den so gewonnenen zwei tagen noch einmal alles prüfen und überprüfen zu können von grund auf und auf nieren und herz wie wohl an jenem sommerabend auch, als es noch nicht nötig gewesen sei, das licht einzuschalten[90], der tag habe sich immer noch weit in den abend hineinretten können mit jener übermütigen leichtigkeit, die den sommertagen in jener nun schon alt gewordenen vergangenheit noch zu eigen gewesen sei, und jener von allen nur Lehrer genannte mann weit fortgeschrittenen alters, dessen haar sich längst zu einem blaugrauen haarkranz gelichtet gehabt habe, gegen das fenster des schulsekretärs Waldtpichler einen „mit äußerster sorgfalt" ausgewählten stein geworfen habe, worauf nun der schulsekretär Waldtpichler aus seinen vorbereitungen des „unweigerlich kommenden" aufgeschreckt sei und seinen kopf (mit einer „groß, hocket, lang und überhanget Nasen"[91], wie Dürer gesagt hätte; volles, dunkles, genau gekämmtes haar) in die richtung dieses fensters herumgeworfen habe, plötzlich mit rasendem puls, in welchem die sonne hinterm „früher einmal Graußkopf genannten berg"[92] auch an diesem abend untergegangen sei und das der einzige ausblick hinaus

---

[90] „Auf schwarzen Weiden das Melkvieh / Suchet den Pferch auf und immer / Zur nämlichen Zeit." (Sarah Kirsch, *Sommerabend* [aus *Erdreich*], in: *Sämtliche Gedichte*, München 2005, S. 229)

[91] Albrecht Dürer, *Hjerin[n] sind begriffen vier biicher von menschlicher Proportion*, Nürnberg 1528, o.S.

[92] Der name „Graußkopf" dürfte nur in der gegend um K. in verwendung gewesen sein, da er auf keiner karte aufscheint. In einer sage, „wahrheitlich nacherzählet" von Gottlieb Franz Jeremias Krauthner in einem 1827 in K. erschienenen *Lesbuch für unsere Schul*, die diesen namen zu erklären scheint, ist von einem „graußlichen Ungeheuer" die rede, welches die menschen, „gleich welchen Stands", „allzeit in Angst und Schrecken"

in die welt immer gewesen sei in all den dienend dahinter zugebrachten jahren, die nun bald zu einem ende kommen würden, aufgrund der ein leben lang angehäuften zeit. Dann, nach einer weile des innehaltens[93], habe der schulsekretär Waldtpichler sich aus seinem grasgrün gepolsterten bürostuhl heraus und zum fenster bewegt und, als er den Lehrer gesehen habe, erleichtert das fenster geöffnet und nach dem grund gefragt. Er müsse ihm einen traum erzählen, habe der Lehrer gesagt, „jetzt sofort". Also habe ihm der schulsekretär Waldtpichler das schultor aufgesperrt und ihn, der ihm den traum zwischen tor und angel und also sozusagen schon auf der schwelle habe erzählen wollen, mit den worten „Komm, Lehrer, in meinem allerheiligsten, dort!" in sein büro geleitet, auf den verwinkelten, vom tageslicht kaum berührten fluren zweimal den damals noch nicht in die Seine gegangenen dichter Paul Celan zitierend, wie man, „nach einem langen nachforschen, ja", schließlich herausgefunden habe – und an dieser stelle des erzählens

---

hätte „nichts als jämmerlich dahinvegetieren" lassen, indem es „nach Lußt und Laun ein Kindt um das ander gefressen hat"; bis, „endtlich", ein „mit sämmtlichem Liebreitz der Welt ausgestattetes Kindtlein" ihm einen spiegel vorhält, worauf es, erschrocken vor sich selbst, „sich in die Erd schröcklich hineinwühlt", bis nur noch der kopf zu sehen ist. Und da, „keiner weiß noch, warum, und als hätt es das Haupt der Medusa geschaut", sei der „ungeheuer graußliche Schädel" zu stein erstarrt.

[93] Wie lange wohl, ach, hätte Stanley Kubrick in *2001: Odyssee im Weltraum* dieses bild des innehaltens – nach dem aufschrecken des schulsekretärs Waldtpichler nach dem aufprall des steins – zu einem standbild eingefroren?

halte man immer kurz inne, als wolle man den dichternamen und die mühsal des nachforschens auf die zuhörer einwirken lassen wie eine ausgeglichene bilanz. „Er trägt es von Schwelle zu Schwelle, er wirft es nicht fort"[94], habe der schulsekretär Waldtpichler zuerst den Paul Celan rezitiert; und dann: „Sondern es rollt übers Meer / der Stein, der neben uns schwebte, / und in der Spur, die er zieht, / laicht der lebendige Traum."[95] – – Und ohne irgendein wetterliches vorgeplänkel habe nun der Lehrer, kaum habe er sich auf den ungepolsterten, erdfarbenen gästestuhl gesetzt und seine beine wie in herrschermanier vor sich ausgebreitet gehabt, noch während er sich die zigarette gedreht habe, habe er zu erzählen begonnen, wie er nun schon viele nächte hintereinander immer denselben traum geträumt habe, nämlich wie sie beide mitten im abenddämmern einen waldweg hinauf seien, immer er, der schulsekretär Waldtpichler voran und er, der Lehrer, etwa zwei meter dahinter ihm wie ein schutzengel hinterher, „wobei du, Waldtpichler, mir immer wieder verschwunden bist in der nacht: Auf einmal bist du nicht mehr dagewesen vor mir, als hättest du dich in luft aufgelöst, und dann aber, kaum ein paar augenzwinkern danach bist du wieder vor mir her, als ob nichts gewesen wär". Als ob nichts gewesen wäre, sei der schulsekretär Waldtpichler vor ihm in die nacht hinein und auf dem

---

[94] Paul Celan, *Chanson einer Dame im Schatten*, in: *Mohn und Gedächtnis*, München 1952, S. 26

[95] Paul Celan, *Gemeinsam*, in: *Von Schwelle zu Schwelle*, München 1955, S. 10

waldweg schnaufend den berg hinauf, welcher der Morgennock sein müsse; denn immer kämen sie etwa auf halbem weg an eine weggabelung, in deren mitte ein zirbenbaum sich in den nachthimmel recke, genau wie auf dem weg von Verdings hinauf, unweit des Thinne Bachs, wo er einmal auf einer lichtung dem aibelner dichter Vitus Sültzrather begegnet sei. Den kenne er nicht, habe der schulsekretär Waldtpichler ins traumerzählen des Lehrers dazwischengesagt. Und als sie endlich oben gewesen seien auf dem höchsten punkt, den einen gipfel zu nennen schier einer blasphemie gleichkäme, einer berggipfelblasphemie, „da fällst du auf die knie", habe der Lehrer, wortwörtlich, zum schulsekretär Waldtpichler gesagt, „und hältst mir ein dickes, vielseitiges, mehlweißes buch ins mondlicht hinein". Mit beiden händen, sozusagen doppelt halte der schulsekretär Waldtpichler ihm wie ein meßdiener das buch entgegen, aus welchem er, der Lehrer, nun zu lesen beginne und nicht aufhöre zu lesen bis ins morgendämmern hinein und bis hinterm buchhaltenden schulsekretär Waldtpichler schon der Mittagsnock sich aus der nacht zu schälen beginne; aber er könne sich am morgen immer nur noch an den einen satz erinnern: „Indem wir diese rindsrouladen essen, was sehr gut für uns ist, hindern wir gleichzeitig jemand anders daran, sie zu essen; was fraglos schlecht für ihn ist."[96]

---

[96] B. S. Johnson: *Christie Malrys doppelte Buchführung*, Berlin 2002, S. 67 („Sonderbar", so F. einmal, „wie sätze die bücher wechseln!")

„Und seit heute morgen, jawohl", habe der Lehrer gesagt, erinnere er sich auch an den schreiber und an den titel des buchs, und vielleicht wisse ja er, habe er zum schulsekretär Waldtpichler gesagt, als morgennockbuchhalter, mehr davon, er hielte es ihm ja schließlich entgegen, nächtelang. Luca Pacioli oder Paciolo, ja doch, habe ihr mehlweißes traumbuch geschrieben, das, er habe es gleich nachm aufwachen aufgeschrieben, „einen augenblick", habe der Lehrer gesagt, gleich habe er es, *Summa de arithmetica, geometria, proportioni et proportionalità* heißen müsse[97]. Nein, er habe nie davon gehört, habe der schulsekretär Waldtpichler darauf gesagt, er kenne sich mit italienischen oder lateinischen büchern nicht aus – aber er solle ihm den traum weitererzählen. Da sei nichts mehr zu erzählen, habe der Lehrer gesagt, mit dem morgendämmern höre der traum auf, auch wenn er nicht aufwache, erlösche der traum sozusagen im ersten morgenlicht; und er habe keine erklärung dafür. „Ich derfasse ihn nicht und bringe ihn in keinen rahmen hinein", habe der Lehrer gesagt; und er habe halt gedacht, „da ja du, Waldtpichler, mit mir im traum drin-

---

[97] Luca Pacioli, *Summa de arithmetica, geometria, proportioni et proporzionalità*, Venedig 1494 (italienisch), 1523 (lateinisch): ist wahrscheinlich das erste gedruckte buch eines mathematikers; enthält die erste geschlossene darstellung der doppelten buchhaltung (Venezianische Methode); deutsche übersetzung unter dem titel *Abhandlung über die Buchhaltung 1494*, Stuttgart 1997. Als erster hat die doppelte buchhaltung Benedetto Cotrugli Raugeo 1458 knapp (auf drei seiten) beschrieben – in: *Della Mercatura et del Mercante perfetto*, Venedig 1573.

nen bist, könntest du mir da weiterhelfen"; denn er habe genug von dem traum und vor allem von diesem gelese, nächtelang. Er habe ja fast schon keine stimme mehr, wenn er reden müsse am tag; die leute fragten ihn schon nach nichts anderem mehr, als was ihm mit seiner stimme passiert sei. Und außerdem, habe der Lehrer dann zum schulsekretär Waldtpichler irgendwann gesagt, nachdem der schon die längste zeit kein wort mehr gesagt und sich in den rauch der zigarette des Lehrers wie hineingeschaut habe, so viel kenne er sich im lateinischen doch aus, daß er wisse, daß sekretär mit segretus zu tun habe „und du, Waldtpichler, dich im geheimen also schon von berufs wegen auszukennen hast, gib's zu!" Und er könne aber auch ganz andere seiten aufziehen, „wenn du, lieber Waldtpichler, stumm zu sein gedenkst wie eine bachforelle"; er gehe jetzt heim und lege sich ins bett – „und dann hau ich dir im traum das buch um die ohren, bis du endlich zu reden beginnst!" Worauf der schulsekretär Waldtpichler gesagt habe, darum gehe es ihm ja, genau darum gehe es ihm ja auch, es sei ihm bis jetzt nur noch nicht gelungen, seinen traum, seinen jede nacht, „verflucht!", sich wiederholenden traum aus der nacht in den tag zu transferieren – oder, wie er es einmal gelesen habe irgendwo, „in die Wirklichkeit des offenen Augs"[98]. Nun aber, endlich, „wo du, Lehrer, auch", sei er imstand, diese brücke zu

---

[98] Vitus Sültzrather, *Notizbuch N° 6*, Aibeln 1974, S. 22

schlagen und die nacht mit dem tag zusammenzutun. Und nein, kein Kerberos mehr halte ihn davon ab, aus dem traum zu steigen, in diesen abend, diesen vorschulanfangsabend hinein, und endlich aus der schafsrolle zu treten und sich geziemend zu wehrn – gegen all die traumgewalt und das elende debitorendasein. „Du, Lehrer, schlägst mich mit dem buch keine weitere nacht, kaum sind wir oben auf dem Morgennock, von Latzfons hinauf und du immer hinter mir her!", habe der schulsekretär Waldtpichler den Lehrer angeschrien, dem dabei ein waldtpichlerscher speicheltropfen ins linke auge hinein sei. Denn er habe lange genug auf keine weise sich zu wehren gewußt unter dieser fahlen traummondsichel, wie zum hennenköpfen scharf: „In der kommenden nacht, Lehrer, schlag ich zurück!" – – Und da habe der Lehrer den schulsekretär Waldtpichler, während er seinen oberkörper immer schneller vor- und zurückbewegte – wie ein pendel, verkehrt –, wie entgeistert angeschaut, habe seine hände, immer schneller, flach auf die oberschenkel geklatscht, bis er dann, mitten ins immer gehetztere pendeln und klatschen hinein, aus dem ungepolsterten, erdfarbenen gästestuhl plötzlich hoch und, nach einem sekundenlangen starren stehn, dastehn, aus dem büro sei wie einer, der aus der welt hinaus will, nichts sonst. Aber der schulsekretär Waldtpichler sei nicht hintern Lehrer her, der sei ganz still geworden und habe sich in seinem grasgrün gepolsterten bürostuhl zurückgelehnt, habe durchs fenster hinaus in den frühen nachthimmel geschaut, in dem noch kein mond zu sehen gewesen sei, und habe wieder den Paul Celan still vor sich hingesagt: „Sondern es rollt übers Meer / der Stein, der neben uns schwebte, / und in der Spur, die er zieht, / laicht der lebendige Traum."[99]

---

[99] Celan, *Gemeinsam*, in: *Von Schwelle zu Schwelle*, S. 10

Alptraumdohlen

„Raubvogel süß ist die Luft
So kreiste ich nie über Menschen und Bäumen"
(Sarah Kirsch, *Raubvogel*)[100]

„And the raven, never flitting, still is sitting, still ist sitting"
(Edgar A. Poe, *The Raven*)[101]

---

[100] Sarah Kirsch, *Raubvogel* (aus *Rückenwind*), in: *Sämtliche Gedichte*, München 2005, S. 162
[101] Edgar A. Poe, *The Raven*, in: *The Raven and Other Poems*, New York 1845, S. 5

In einer wolkenlosen frühjahrsnacht, hat der aibelner dichter Vitus Sültzrather nach seinem sturz von einem baugerüst in Garn[102], einem zweihundertseelenort bei Feldthurns, oberhalb des eingangs ins Thinnetal gelegen, an jenem lebenswendenden 18. mai 1959, einem montag, an dem, wie er kurz darauf in seinem tagebuch notiert, „die Erde noch vollkommen durchnäßt" gewesen sei und „wie nach einem langen Ritt ein Roß gedampft"[103] habe, immer wieder erzählt[104] in den liegemonaten danach und, schließlich, diese erzählung oder vielmehr bruchstücke dieser erzählung auch mehrfach eingewoben in den ersten band seiner *Traumschleifer-Trilogie* –: In einer wolkenlosen frühjahrsnacht habe er, nachdem er am abend davor noch lange auf seinem balkon gesessen habe, allein und mit

---

[102] An jenem in der nähe des erst später erbauten gasthauses Waldboth gelegenen bauernhof in Garn, an welchem das baugerüst angebracht gewesen sein soll – aber auch ein nachkriegshaus in Sagschmöl in der ortschaft Latzfons beansprucht den sturz Vitus Sültzrathers mit einer unterm giebel, unterm sankt-florians-fresko aufgemalten und aufgrund der verwitterung kaum noch lesbaren inschrift für sich –, an jenem bauernhof ist eine schönweiße marmortafel angebracht mit folgendem text: „Hier fiel der Dichter Vitus Sültzrather am 18. Mai 1959 fast in den Tod."

[103] Aus dem eintrag unter „Sonntag, 24. Mai" in: Isidor Sültzrather (Hg.), *Vitus Sültzrather. Tagebücher 1*, Klausen 2014, S. 114

[104] Und immer habe er sein erzählen, so wird erzählt, angefangen mit „In einer wolkenlosen frühjahrsnacht .." – wobei er, in seinem aibelner dialekt, natürlich nicht „frühjahr" gesagt habe, sondern „langis": Es gibt kein frühjahr im klausener raum.

dem heimischen Forstbier jene müdigkeit zuschüttend, die nach seiner wanderung auf den Morgen- und auf den Mittagsnock am selben tag seinen körper vollkommen ausgefüllt habe, „wie der honig die wabe", habe Vitus Sültzrather gesagt, und nachsinnend darüber, wie der alpendohlenschwarm, als er, was seine mutter ihm am morgen in den rucksack getan habe, vor sich ausgebreitet gehabt habe auf einem großen, moosbewachsenen stein, zu merenden begonnen habe, darüber hergefallen sei mit einem seltsam leisen, fast sirenenhaft einlullenden gesang, und wie er zuerst, im ersten erschrecken, zurückgewichen und über etwas gestolpert und hingefallen sei, und wie er wieder aus der bewußtlosigkeit aufgewacht und zu sich gekommen sei und auf dem großen, moosbewachsenen stein nur noch spuren seiner muttermerende gewesen seien, aber der alpendohlenschwarm noch kreisend, lautlos, über ihm, und er „wie in einem wirbelsturmauge, ja, so", habe Vitus Sültzrather gesagt –: In einer wolkenlosen frühjahrsnacht vor seinem sturz von den noch regenfeuchten baugerüstbrettern in die querschnittlähmung und also in die rollstuhlzeit hinein, der „einem ausgedehnten, zerstreuten Schauen hinüber nach Teis und ins Villnößertal hinein vielleicht folgte wie auf den Himmel die Höll"[105], habe er einen traum geträumt, der als „Alpendohlentraum" in die sekundärliteratur

---

[105] Aus dem eintrag unter „Mittwoch, 27. Mai" in: Isidor Sültzrather (Hg.), *Vitus Sültzrather. Tagebücher 1*, S. 117

eingegangen ist[106] –: In einer wolkenlosen frühlingsnacht, hat Vitus Sültzrather ein ums andre mal erzählt, immergleich beginnend mit „Vor meinem sturz vom baugerüst, in einer wolkenlosen frühlingsnacht, da habe ich einmal geträumt", als der mond, so erinnere er sich, so hell am himmel gewesen sei wie vorher in seinem leben nie, da habe er geträumt, wie er durch den Latzfonser Wald auf einen berg hinauf sei, vielleicht auf den Gampberg, vielleicht auf den Samberg, vielleicht auf den Hoadrichberg – und an dieser stelle seiner erzählung sei Vitus Sültzrather zum ersten mal kurz etwas lauter geworden und habe dann aber still und wie nur für sich sein berühmtes „Wasweißich!" gezischt. Auf jeden fall, habe er dann, wird erzählt, weitererzählt, habe er nie sicher gewußt, auf welchen berg hinauf er im traum gegangen sei, denn immer,

---

[106] Der an der universität Verona lehrende germanist Elmar Locher sieht in diesem traum sogar „den Urgrund der Sültzratherschen Größe und also jenes Ereignis, das ihn aus der Mittelmäßigkeit des Gedichtbandes *Düstrer kein Morgen, der Tod* mit einem Mal in die Weltliteratur katapultiert hat". Siehe dazu Elmar Locher: *Vitus Sültzrathers Auferstehung aus den Falten eines Traums*, in: Text + Kritik 71 (Vitus Sültzrather), München ²1984, S. 37
Und zu erzählen wäre da noch, daß der freund des erzählers, M., nachdem ihn sein lehrer (jener „aus der Schweiz gekommene") im jahre 1974 auf den sültzratherschen geschmack gebracht hatte mit der ein paar jahre davor erschienenen novelle *Knödelfleisch* und sie dann beide kurz darauf („Es ist am Karfreitag gewesen", sagt M., „ja, mitte april.") mit einem weiteren freund, A., im in der nähe von Teis gelegenen Gostner Graben nach sogenannten Teiser Kugeln suchten, „in gedanken an Sültzrathers sturz nach Garn hinüberschauend", so M., plötzlich wegrutschte und fiel. „Und hätte ich mich am rande der steinhalde nicht an einer jungen fichte halten können im letzten moment, wäre ich weiter gefallen", sagt M., „und hinunter und hinein in den karfreitagstod."

wenn er, der er ja trotz oder vielleicht auch wegen all der trenkerschen oder messnerschen nachbarschaften nie ein bergwanderer, geschweige denn ein bergsteiger gewesen sei und also auch die nächsten berglandschaften nie einem namen habe zuordnen können, denn immer, wenn er gewußt habe, daß er auf den Gampberg gehe, da habe er schon den weg auf den Samberg erkannt, und kaum habe er den weg auf den Samberg erkannt, da sei er schon auf die Weißwand oder auf den Hoadrichberg und dann, nach der nächsten weggabelung, in einem von hohem gras, von brennnesseln und von disteln und von kleinen inseln von himbeerstauden zugewachsenen graben, in dem kaum ein weiterkommen gewesen sei, zwischen dem Mittags- und dem Morgennock hinauf. Diese ansammlung von bergen beim gehen auf den berg hinauf habe ihn aber im traum nicht im geringsten irritiert; er sei nur immer wieder erstaunt gewesen darüber, wie wunderbar genau, ja wie puzzlepräzise all die wege sich ineinandergefügt hätten zu einem einzigen: In einem abwasch, habe er gedacht, in einem aufwasch komme ich auf all die berge hinauf, auf die ich bisher in meinem leben nicht gekommen bin; und, so habe Vitus Sültzrather an dieser stelle immer noch hinzugefügt, obwohl er wisse, wie vollkommen frei die wirklichkeit in den träumen sei, wundere er sich doch immer, wenn er in seinem erzählen an diese stelle komme, wie das wissen, daß er auf keinen der berge vorher je hinaufgegangen sei, sich mit dem wiedererkennen der wege vertragen habe im traum.[107] Als er dann dem wald nach all den mehr oder weniger steilen anstiegen, nach all den verzweigungen verästelungen weggabelungen, nach all den überquerungen teils längst wieder staudenbewachsener holzriesen und, trotz all des wirbelns und strudelns und schäumens und fallens, eigenartig still die berge hinabstürzender bäche endlich entkommen sei, habe Vitus Sültzrather erzählt, habe, nachdem eine schiere unendlichkeit lang das sirenengeheul einer Stuka zu hören gewesen sei, eine alpendohle sich aus dem wolkenhimmel heraus auf ihn herabgestürzt. Da sei ihm, sicher weil er am abend davor auf seinem balkon in der letzten taghelle Max Beckmanns litographien zu den *Offenbarungen des Johannes* durchgeblättert habe, kurz bevor die alpendohle, im letzten augenblick den sturz auffangend, auf seiner rechten schulter sanft gelandet sei, wie in einer endlosschleife der satz durch den kopf: „und alle vögel wurden satt von ihrem fleisch", „und alle vögel wurden satt von ihrem fleisch" –. Nun aber, da er schon im begriff gewesen sei, die alpendohle zu streicheln[108], habe

---

[107] Daß später, nachdem er bei einer seiner seltenen bergwanderungen eine lichtung des Morgennocks unweit des Thinne Bachs als traumgleich wiedererkannt hatte und er nun „immer entgeisterter und tatsächlich entsetzter", wie er in seinem *Notizbuch N° 7* schreibt, auch auf all die anderen berge, auf die er im traum hinauf sei, wieder hinauf sei, um die traumwege endlich „als Erfindungen verbuchen und vergessen zu können", diese traumwege jedoch sich als die wirklichen wege herausstellten, „hat mir die Wirklichkeit nun in eine Fata Morgana des Traums verwandelt". (Vitus Sültzrather, *Notizbuch N° 7*, Aibeln 1976, S. 83 f.)

[108] Und manchmal, erzählt man sich, habe Vitus Sültzrather an dieser stelle auch seine „wunderbar weißfellige katze Lora" ins spiel gebracht

diese ihren gelben schnabel in sein ohr gesteckt und das wort „jerichotrompete" hineingekrächzt, immer wieder, in einem intervall von ein zwei drei sekunden vielleicht: „jerichotrompete", „jerichotrompete". Und dies sei, alles sei wie selbstverständlich gewesen, es habe ihm nichts ausgemacht. Dann aber, an jener stelle, „wo ein mehr als haushoher, an der Schattseite flechtenbewachsener Fels im Wege steht, der den Weg auf den Gampberg etwa eine halbe Stunde unterhalb des Gipfels teilt, derart, daß nun zwei stetig auseinanderdriftende Wege zum Gipfel führen, die erst kurz vor dem Ende des Aufstiegs doch aufeinander sich zubewegen, um endlich, die letzten zehn zwanzig Schritte vielleicht, wieder ein einziger Weg zu sein"[109] –, an jener durch diesen findling erzwungenen weggabelung, wo es, wie Vitus Sültzrather ein jedes mal in sein traumerzählen einzuflechten nicht vergißt, längst brauch sei, „seit heidnischen zeiten", daß man, am tag vor der hochzeit, sich sozusagen ein letztes mal trenne, um dann, auf dem gipfel, für immer zusammenzusein, sei, „unangekündigt und mit einem mal", eine zweite alpendohle

---

und erzählt, wie diese am abend davor, als er „noch lange auf seinem balkon gesessen habe, allein und mit dem heimischen Forstbier meine müdigkeit zuschüttend", sich wie so oft und wie in einer ritualgewordenen gewohnheit auf seine schultern gesetzt habe, schnurrend und ihren kopf an sein haar schmiegend und, hin und wieder, mit dem schwanz über sein gesicht wedelnd, und wie ihm diese schmeichelei schon beinah zuviel geworden sei – und wie sie dann aber „plötzlich aufgefaucht hat ohne jeweden grund" und von seiner schulter gesprungen und vom balkon in die nacht hinein sei wie vor etwas davon.

[109] Nina Schröder: *Merian Reiseführer. Südtirol*, München 2007, S. 128

auf ihm gelandet: auf seiner linken schulter dieses mal. Und beide, „in diesem augenblick des gleichgewichts", wie er, als schriebe er sich auf, gedacht habe in diesem augenblick, da erinnere er sich genau, hätten ihre gelben schnäbel gleichzeitig weit aufgerissen und in seine ohren gehackt und „halleluja halleluja" hineintrompetet „wie ein donnerlautes, synchrones Gedröhn"[110], daß sein kopf sich unentwegt aufgebläht habe: „wie eine schweinsblase aufgebläht" sei ihm in diesem augenblick durch den kopf; und beide hätten dann ihre hellroten krallen gleichzeitig in seine schultern gehackt und hätten sich, „mich in ihren fängen!"[111], emporgeschwungen mit ihren blitzschnell wachsenden flügeln, bis, ja, bis zur wolkendecke hinauf, bis in die wolkendecke hinein. Da sei ihm ganz leicht geworden, „so luftig leicht", er sei in ohnmacht gefallen und habe sich zugeschaut; er habe zugeschaut, „von wo immer her", wie er von den alpendohlen getragen aus der wolkendecke heraus sei, aufgetaucht sei in gleißendem sonnenlicht. Und da sei alles ganz still gewesen, habe Vitus Sültzrather erzählt, eine lange zeit wie unter wasser still, und es hätte sich nichts bewegt: Wie ein bildnis, so ruhig von ihm anzuschaun –: bis die angst gewachsen sei; bis er, endlich, sich die seele ausm leib, daß er wieder zu sich gekommen sei, mit einem schlag.

---

[110] Vitus Sültzrather, *Traumschleifer. Eine Trilogie. Band 1*, Berlin 1967, S. 112
[111] An dieser stelle der erzählung sei Vitus Sültzrather, so sagt man, zumeist ein zweites mal „etwas lauter" geworden, ganz kurz; als schlucke er seine erregung schnell hinunter, so kurz.

Und so, mit einem einzigen flügelschlag, hätten die alpendohlen sich von ihm gelöst, hätten ihre krallen heraus aus seinem fleisch; und so sei er gefallen, in die wolkendecke hinein und aus der wolkendecke heraus, sei auf den Gampberg zu, auf die wachsende erde hinab – und „schier im Augenblick des Aufschlags: dort, wo die geteilten Wege wieder zusammen sind"[112], hätten die alpendohlen ihn wieder an den schultern gepackt und seien in rasendem flug in eine plötzliche nacht hinein: Da sei er aufgewacht, „da bin ich aufgewacht". So beendete, mit diesem erleichterten, mit diesem so erschrockenen „Da bin ich aufgewacht!" –, ja, so, heißt es, habe Vitus Sültzrather seinen „Alpendohlentraum" immer aufgehört. Und dies änderte sich nie, nein.

---

[112] Sültzrather, *Traumschleifer. Eine Trilogie. Band 1*, S. 117

Soldaten.Helden.Wald.

Eine wiederrede zum hundertsten

> „Schlaf und Tod, die düstern Adler
> Umrauschten nachtlang dieses Haupt:"
> (Georg Trakl, *Klage*)[113]

[113] Georg Trakl, *Klage*, in: *Das dichterische Werk*, München 1972, S. 94

1 (schtzngrmm)[114]
„Ein Sturm hob an, die Häuser brachen auf:
Es quoll ein Heer von Mördern in die Welt."
(Vitus Sültzrather, *Düstrer kein Morgen, der Tod*)[115]

Und Gott sah, wie der mensch dem menschen ein feind geworden war, damit ihre könige generäle präsidenten ihr letztes spiel spielen konnten, jenes, das ihnen als einziges noch geblieben war, nachdem sie ihre kindheit verlassen, nachdem sie sich aufgemacht hatten in die hehren herrengefilde der macht;

schtzngrmm
schtzngrmm
t-t-t-t
t-t-t-t

und der könig sah, wie nun der eine tischler dem andern bäcker ein loch in den leib schoß und dann noch ein loch, ohne ihn nach dem wetter gefragt zu haben, und da rann das blut in dünnen, mäandernden fäden heraus und wurde hell mit dem regen und löste sich auf;

---

[114] Ernst Jandl, *schtzngrmm*, in: *lechts und rinks. gedichte statements pappermints*, München 1995/2002, S. 38 (zuerst in: *Laut und Luise*, Stuttgart 1966)

[115] Vitus Sültzrather, *Düstrer kein Morgen, der Tod*, in: *Düstrer kein Morgen, der Tod. Gedichte*, Innsbruck 1955, S. 52

grrrmmmmm
t-t-t-t
s ----------- c ----------- h

und der präsident sah, wie nun der andere buchhalter dem einen schuster den bauch umwühlte und noch einmal um und um mit dem in der sommersonne so blitzenden bajonett, weil nicht die zeit gewesen war, ihn nach der zeit zu fragen;

tzngrmm
tzngrmm
tzngrmm
grrrmmmmm

und der general sah, wie nun ein metzger schrill schrie wie ein schwein oder wie einmal die schweine geschrien hatten in der winterkälte, bevor er ihnen das messer durch den hals tief ins herz hinein stach, bevor er ihnen das messer tief ins herz hinein stach;

schtzn
schtzn
t-t-t-t
t-t-t-t

und der tischler sah, wie der eine lokführer den andern rittmeister vom himmel schoß und wie der fiel und fiel und wie der körper zerbrach und in den flammen verkohlte und aufging in rauch – und der eine hatte einmal

den andern von Triest nach Wien gebracht, und doch
hatten sie voneinander beide nichts gewußt;

> **schtzngrmm**
> **schtzngrmm**
> **tssssssssssssss**

und der buchhalter sah, wie der andere holzknecht dem
einen goldschmied eine giftgaswolke hinüberblies mit
einem lauen frühlingswind und wie ihm der chlor-
nebel die kehle zuschnürte und die lunge auffraß und
wie ihm allmählich, während er in den himmel schaute und sich in den erinnerungen verlor, das atmen ver-
ging;

> **grrt**
> **grrrrrt**
> **grrrrrrrrrt**
> **scht**
> **scht**

und der lokführer sah, wie der eine kaufmann dem anderen tagelöhner das gesicht wegschoß mit seinem MG
08/15, seinem „Spandau-MG", und wie der die hände
vors gesicht warf in einem schutzreflex – und wie der
dann die hände weit von sich warf und wie er durch
die blutigen schlieren lang auf die handflächen schaute, als fände er in ihnen doch das gesicht – und wie der
so dastand erstarrt und dann fiel;

SOLDATEN.HELDEN.WALD.

t-t-t-t-t-t-t-t-t-t
scht
tzngrmm
tzngrmm
t-t-t-t-t-t-t-t-t-t

und der holzknecht sah, wie der andere kutscher den einen prokuristen schon traf mit dem flammöl dem feuerstrahl und wie der wie ein irrlicht ein irrfeuer seinem schmerz nicht entkam im heißen sommerwind und wie der andere kutscher, wie dieser nun schrie: „Was für ein schauspiel! Was für ein schauspiel!" – und wie das feuer dann hinsank auf die erde hinab und lang nicht erlosch;

scht
scht
scht
scht
scht

und jener sah und dieser da, wie dann – und vielleicht an einem regentag – die einen auf die anderen zurannten mit weit aufgerissnem aug und wie die anderen auf die einen zurannten mit weit offenem mund und wie die schossen und die und wie die einen im stacheldrahtverhau zappelten, zuckten und schrien und wie die andern explodierten in den blauen, den schon zerrissenen himmel hinauf und wie bald der eine über den anderen stürzte und fiel und wie das blut sich mischte und das fleisch und der dreck – und wie dann einer schreit, bevor der sturm sich legt, und wie zuletzt einer schreit –

grrrrrrrrrrrrrrrrrrrrrrrrrrrrrr
t-tt

– und wie's nimmer still geworden, sah Gott; drüber weinte Er. Darüber, heißt es, weinte Er. Gott weinte, heißt es, sehr./ Jedoch meine großmutter fragte, als ihr sohn mein onkel ausm felde nimmer kam: „Weinte er?" Immer wieder: „Weinte er?" Und keiner fragte da: „Wer?"

2 (garten Eden)
„... um dann in einem fremden Wald zu liegen? Wer hätte nicht daheim im Friedhof liegen wolln – bei seiner Mutter seinem Kind?"
(Vitus Sültzrather, *Notizbuch N° 2*)[116]

Und wenn Gott doch ein gärtner einmal gewesen wär, so hätte er seinen paradiesgarten, diesen mit einem speltenzaun vom anderen, äußeren, dem fremden feindesland abgegrenzten garten Eden wohl so ordentlich angelegt wie all die kriegerfriedhöfe und wie diesen waldfriedhof, wo nicht nur mann und mann nebeneinanderliegen beet an beet wie im garten meiner mutter das schnittlauchbeet und das endivienbeet,

---

[116] Vitus Sültzrather, *Notizbuch N° 2*, Aibeln 1962, S. 57

sondern die nationen und die religionen, die sind auch schön getrennt. All das wuchernde, mäandernde, all das lebendig verquaste verquere, all die möglichen geschichten in rechteckige fertiggeschichten verpackt? Die solln sich ihre geschichten (all die russischen und serbischen und bosniakischen und rumänischen und italienischen, die deutschen auch und die österreichisch-ungarischen, all die christlichen und islamischen und jüdischen opfergeschichten – und die paar tätergeschichten, auch thalerschen zuschnitts, „pSSt!"), die solln sich ihre geschichten unter der waldbegrenzten, unter der wurmgepflügten erde erzähln? Denn der frieden eines friedhofs will ein unendlicher sein. Da tötet ein feind seinen feind nicht mehr: Sind beide tot und grenzen aneinander – wie im garten meiner mutter das schnittlauchbeet und das endivienbeet oder das zwiebelbeet und das radieschenbeet. Und ich mußte, manchmal, die wege begehen, noch einmal und noch, bis sie so fest geworden warn, daß auf ihnen – wie auf allem abgegangenen, herdenbegangenen – nichts mehr wuchs. Und was mir doch unter die füße kam, das trat ich platt, das machte ich dem erdboden gleich.

3 (vater komm erzähl)[117]
„Geschichten erzählen, um zu schweigen.
Immer wieder dieselben Geschichten."
(Peter Bichsel, *Über das Wetter reden*)[118]

Du sollst nicht begehren deines nächsten tod, so heißt das steinerne gebot; hier aber liegen die, denen dies zur pflicht gemacht worden ist; die mörder werden mußten, um einmal helden zu sein: lebendig oder tot – besser tot: Ein toter held kann sich gegen die verheldung nicht mehr wehrn –, um einmal helden zu sein, wo das heldentum mit der zahl der toten wächst: Mein vater bekam für jeden todesschrei eine genau bemessene ration an zigaretten oder schnaps. Er habe die zigaretten gewählt, hat er erzählt, wenn er einmal doch erzählt hat, vom krieg. Was für eine angst in den eingeweiden all der krieger gewütet haben muß! Und welche freude auch und auch ein bißchen lust? – – Süß und ehrenvoll ist es, fürs vaterland zu sterben – und mein vater hat mich nie in den krieg mitgenommen:

vater komm erzähl vom krieg
vater komm erzähl wiest eingerückt bist
vater komm erzähl wiest geschossen hast
vater komm erzähl wiest verwundt wordn bist

---

[117] Ernst Jandl, *vater komm erzähl vom krieg*, in: *lechts und rinks. gedichte statements pappermints*, München 1995/2002, S. 10 (zuerst in: *dingfest. gedichte*, Darmstadt und Neuwied 1973)
[118] Peter Bichsel, *Am Ende des Jahres zweitausendundvierzehn*, in: *Über das Wetter reden. Kolumnen 2012 – 2015*, S. 154

**vater komm erzähl wiest nicht gfallen bist
vater komm erzähl vom krieg**

– und mein vater hat mich nie in den krieg mitgenommen und ich habe mich nie getraut ihn zu fragen danach, ihn zu bitten darum, mich hinzuerzähln: in diese ackererde, in diese walderde und in diese verbrannte und in meines vaters träumen noch und noch brennende, in diese aufgerissene waffengepflügte menschenverschlingende erde des kriegs – die doch so fruchtbar gewesen wäre, hat er immer wieder gesagt, diese ukrainische, diese russische erde, wenn die rede darauf kam; wenn die rede auf dieses eine ungeheuer große erleben kam, was ihm – der, wie alle väter einmal, nicht geweint hat: vor uns, seinen kindern, nicht – die tränen herauspreßte ein leben lang und was ihm doch auch sein einziges abenteuer war: sein furchtbares, kaum auszuhaltendes, ungeheuer entsetzliches abenteuer als die einzig tatsächlich getane reise hinaus in die welt (Wie viele reisen aber reiste er in seinem kopf, wie viele reisen reiste, wer hier liegt?) und von der zu erzählen gewesen wäre so viel, wenn es ihm möglich gewesen wäre. Wenn wir von unseren urlauben erzählten, hätte er von dieser reise erzählen können; aber weil er uns liebte, hat er davon nicht erzählt. Nur manchmal, wenn ihm die seele überging; wenn er es nicht mehr ausgehalten hat, dann ja.

Es sei also vollkommen unerheblich, was er sage
(oder: Europa, habe er gesagt)[119]

„[..] république universelle, états-unis de l'Europe,
et autres utopies [..]"
(Alexis Muston, *Journal d'étudiant*)[120]

„To sleep: perchance to dream: ay, there's the rub;
For in that sleep of death what dreams may come"
(William Shakespeare, *Hamlet, Prince of Denmark*)[121]

„Fahr hin, du leicht erlogner Traum"
(Karl Gutzkow, *Nero*)[122]

[119] Ich widme den text meiner großmutter: Sie wurde geboren in einem vielvölkerstaat. / Ich widme den text meiner großmutter: In einem faschistischen staat hat sie, schwanger mit meiner mutter, kurz vor der hochzeit ihren bräutigam verjagt. / Ich widme den text meiner großmutter: In der okkupationszeit durch ein drittes reich hat sie an die stubenwand einen rahmen gehängt, in dem vorne ein jesusbild war und hinten ein hitlerbild – nach vorne zu drehen bei bedarf. / Ich widme den text meiner großmutter, die in einem nationalstaat starb.

[120] Darüber, unter anderem, schreibt Alexis Muston in seinem tagebuch (geführt von 1831 – 1835; überarbeitet für seine tochter in den 1860er und 1870er jahren), habe sich Georg Büchner ende september 1833 mit ihm unterhalten (Alexis Muston, *Journal d'étudiant*, Bordeaux nach 1870, abschnitt 252). Ich zitiere aus der deutschen übersetzung des abschnitts 252: „Früher Aufbruch; Unterhaltung über Saint-Simonismus, soziale und religiöse Erneuerung, Weltrepublik, vereinigte Staaten von Europa und andere Utopien, von denen einige vielleicht Wirklichkeit werden. – Der Mensch erschafft die Welt nach seinem Bild: das heißt, jeder erträumt sie nach seinem Geschmack und gestaltet sie nach seinen Vorstellungen um; aber diese Arbeit geschieht nur in der Vorstellung; damit sich etwas davon verwirklicht, muß sich etwas von diesen Vorstellungen unter den Menschen ausbreiten, so daß alle (oder wenigstens die meisten) zum Wunsch nach derselben Veränderung gelangen." (www.buechnerportal.de)

[121] William Shakespeare, *Hamlet, Prince of Denmark*, in: *Sämtliche Werke*, Bd. 2, Frankfurt am Main 2010, S. 2274; dort die übersetzung von August Wilhelm von Schlegel: „Schlafen! Vielleicht auch träumen! – Ja, da liegt's: / Was in dem Schlaf für Träume kommen mögen, / ..". Erich Fried aber übersetzt: „Schlafen, vielleicht auch träumen: Ah, da hakt sichs! – / Denn was im Todesschlaf an Träumen käme, / ..."; in: William Shakespeare / Erich Fried, *Hamlet / Othello*, Berlin 1972, 1989, 1999, 2014, S. 59

[122] Karl Gutzkow, *Nero*, in: *Gesammelte Werke. Vollständig umgearbeitete Ausgabe*, Erster Band, Frankfurt am Main 1845, S. 117

Es sei also vollkommen unerheblich, was er sage, habe Vitus Sültzrather damals gesagt: Was er jetzt sage, sage er nur, weil er wissen wolle, was zu sagen er noch imstande sei – oder: wie weit er im sagen nach all dem noch käme, was in dieser welt schon gewesen sei: Europa, habe er gesagt, diese gottvergewaltigte asiatische prinzessin aus dem Libanon, sei auch nur bis Kreta gekommen, bis an den rand. Und was aus ihren söhnen Minos und Rhadamanthys und Sarpedon, was aus diesen machtgeburten geworden sei und was aus Krete, der tochter: Übers Ägäische Meer, nein, habe Vitus Sültzrather gesagt, bis hierher seien sie nicht. Aber ob sie von Europa träumten, diesem ihnen im schoße verheißenen mutterland? Und ob dort schon der streit, wer der mächtigere, zwischen Minos und Rhadamanthys begann?

Ich habe immer von einem Europa geträumt, das –
Er habe immer von einem Europa geträumt, das –
    Er hat immer von einem Europa geträumt.
    Er hat geträumt! Er hat geträumt! Wovon?

Es sei also vollkommen unerheblich, was er sage, habe Vitus Sültzrather damals gesagt: Was er jetzt sage, sage er nur, weil er wissen wolle, was zu sagen er noch imstande sei – oder: wie weit er im sagen nach all dem noch käme, was in dieser welt schon gewesen sei: Er wisse nicht mehr, habe er gesagt, wovon er in den nächten nach seinem sturz vom baugerüst, als ein leben im rollstuhl immer gewisser abzusehen gewesen sei, geträumt habe, aber er habe sicher nicht von Europa geträumt. Europa habe er im letzten krieg, da sei er noch ein kind gewesen: „Europa habe ich im krieg ausgekotzt." So, damit, ja so, denke er heute, habe das kind sich die leere herbeigesehnt, diese höhlenstille, in der kein wutgeheul, kein kriegs-, kein höllenlärm mehr sein spielen stört. Ob der satz seiner großmutter „In einem leeren magen, ach, da ist es so still, bub, da möchte ich endlich einmal fest geborgen sein", ob dieser jeden abend, vor ihrem allabendlichen insbettgehschluck aus der schnapsflasche immerzu gesagte, dieser von ihm wie eine geborgenheit herbeigesorgte, ihm die schlafangst wegsagende satz der grund all seiner kotzerei gewesen sei, wisse er naturgemäß nicht. Aber als therapie für seine wiederauferstehung habe er in den monaten seiner bettlagerung nach dem sturz vom baugerüst, als der großmuttersatz ihm so gefehlt habe im krankenhaus wie einer mutter vielleicht ein gestorbenes kind, all die karten in seinem kriegsschulatlas so zurechtgeschnitten, daß Europa, dieses, wie einmal sein vater gesagt habe, als er es nicht mehr ausderhalten hat, „größenwahnsinnige ungeheuer"[123] nicht mehr

---

[123] Diese ackererde, diese walderde, diese wildbacherde, diese lawinenerde, und diese verbrannte und in unseres vaters träumen noch und noch brennende, diese aufgerissene waffengepflügte menschenverschlingende erde des kriegs – die doch so fruchtbar gewesen wäre, hat

zu finden gewesen sei: Einmal habe er es unter Kanada versteckt, ein andermal unter Brasilien: Habe er also Europa, dieses nur mit allergrößter mühe und geduld auszuschneidende, unter Kanada geklebt, sei so nur noch Großbritannien wie ein vergessenes irgendwo im Atlantik zwischen Amerika und Asien herum, habe er es aber – und nur mit der einklappbaren, einsteckbaren, umhängbaren kleinstschere seiner großmutter habe er all die inseln und inselchen, all die fjorde und fjördchen unverletzt aus dem zusammenhang gebracht – unter Brasilien geklebt, habe er einfach die Balkan- und die Pyrenäenhalbinsel unter den Iran getan.

> **Denk ich an Europa in der nacht,**
> **da bin ich um den schlaf –:**
> **Schlaf, kindlein, schlaf,**
> **der vater hüt die schaf**
> **nicht mehr –: Maykäfer, flieg,**
> **der vater ist im krieg,**

---

er immer wieder gesagt, diese ukrainische, diese russische erde, wenn die rede darauf kam; wenn die rede auf dieses eine ungeheuer große erleben kam, was ihm – der, wie alle väter einmal, nicht geweint hat: vor uns, den kindern, nicht – die tränen herauspreßte ein leben lang und was ihm doch auch sein einziges abenteuer war: sein furchtbares, kaum auszuhaltendes, entsetzlich entsetzliches abenteuer als die einzige tatsächlich getane reise hinaus in die welt (Wie viele reisen aber reiste er in seinem kopf: er, der wißbegierige nach der welt?), und von der zu erzählen gewesen wäre so viel, wenn es ihm möglich gewesen wäre. Wenn wir von unseren urlauben erzählten, hätte er von dieser reise erzählen können; aber weil er uns liebte, hat er davon nicht erzählt. Nur manchmal, wenn ihm die seele überging; wenn er es nicht mehr ausderhalten hat, dann ja.

**die mutter ist im
pulverland und
pulverland ist –**

Es sei also vollkommen unerheblich, was er sage, habe Vitus Sültzrather damals gesagt: Was er jetzt sage, sage er nur, weil er wissen wolle, was zu sagen er noch imstande sei – oder: wie weit er im sagen nach all dem noch käme, was in dieser welt schon gewesen sei: Wenn er heute an Europa denke, habe er gesagt, denke er an Sumer – und wie der eine stadtstaat dem anderen stadtstaat seinen hauptgott „und all die anderen gottheiten samt und sonders" entgegengeschleudert habe, bis er krepiert sei daran. „Weil ein jeglicher", heißt es, „habe selbst herrschen wollen. Je mehr stadtstaaten", heißt es, „umso mehr herrscher gebe es. Das sei gut für die macht, so wachse und gedeihe sie." – Und in der schule, mitten im krieg, hätten sie ein spiel gehabt, das hätten sie dem lehrer Hasler verdankt, dem Albin Hasler aus einem nachbardorf (aus Latzfons?, aus Verdings?), da hätte sich ein jeder bub „einen stadtstaat hergerichtet", wie es hieß, die mädchen seien das volk gewesen. Und wer mehr volk zu erobern imstande gewesen sei, sei der oberherrscher gewesen für den restlichen tag. Das spiel habe, da hätte man es leicht zum propheten gebracht mit einer solchen prophezeiung, immer in einer massenrauferei geendet: Als wären sie aus der welt gefallen, so sehr seien sie alle dabei gewesen.

Der lehrer Hasler habe dabei aber immer furchtbar gelacht; aber als er zu lachen aufgehört habe, im selben augenblick, da hätten auch sie die rauferei immer aufgehört.

Die putinisierung der welt schreitet fort.
Das volk wünscht sich die despotisierung herbei.
Wir sind das volk! Wir sind das volk! (Trump! Trump!)
Das volk wünscht sich die despotisierung herbei.
Die putinisierung der welt schreitet fort.

Es sei also vollkommen unerheblich, was er sage, habe Vitus Sültzrather damals gesagt: Was er jetzt sage, sage er nur, weil er wissen wolle, was zu sagen er noch imstande sei – oder: wie weit er im sagen nach all dem noch käme, was in dieser welt schon gewesen sei: Einmal, sagt er, habe er von einem Europa geträumt[124], wie es wahrlich zu einem paradiese auf erden gewor-

---

[124] „Die Kindheit, und noch mehr ihre Schrecken als ihre Entzückungen, nehmen im Traume wieder Flügel und Schimmer an und spielen wie Johanniswürmchen in der kleinen Nacht der Seele. Zerdrückt uns diese flatternden Funken nicht! – Lasset uns sogar die dunkeln peinlichen Träume als hebende Halbschatten der Wirklichkeit! – Und womit will man uns *die* Träume ersetzen, die uns aus dem untern Getöse des Wasserfalls wegtragen in die stille Höhe der Kindheit, wo der Strom des Lebens noch in seiner kleinen Ebene schweigend und als ein Spiegel des Himmels seinen Abgründen entgegenzog? –" (Jean Paul, *Rede des toten Christus vom Weltgebäude herab, daß kein Gott sei*, in: *Blumen-, Frucht- und Dornenstücke oder Ehestand, Tod und Hochzeit des Armenadvokaten F. St. Siebenkäs*, in: *Sämtliche Werke*, hrsg. von Norbert Miller und Walter Höllerer, Frankfurt am Main 2000, S. 271)

den sei[125], zu einem vieler völker staat.[126] Manchmal, wenn er schlafe, hege er noch diesen traum; aber wenn er dann aufwache, da –

---

[125] „Der helle Wahnsinn! Sie sollten es auswendig lernen, auch wenn Sie kein Wort davon verstehen!" (Hans Magnus Enzensberger, *Epilog: Böhmen am Meer*, in: *Ach Europa! Wahrnehmungen aus sieben Ländern. Mit einem Epilog aus dem Jahre 2006*, Frankfurt am Main 1989, S. 500)

[126] „Ich will damit sagen, daß das sogenannte Merkwürdige für Österreich-Ungarn das Selbstverständliche ist. Ich will zugleich damit auch sagen, daß nur diesem verrückten Europa der Nationalstaaten und der Nationalismen das Selbstverständliche sonderbar erscheint." (Joseph Roth, *Die Kapuzinergruft. Roman*, in: *Romane 2*, Köln 1984, S. 238 f.)

Auf der suche nach einem tannenzapfen

„Aber die erzählt ja nichts mehr. Die hat aufgehört.
Das ist ein schlimmes Zeichen. Und wenn es kein
schlimmes Zeichen ist, dann ist es ein schlimmes Zeichen."
(Ilse Aichinger, *Wisconsin und Apfelreis*)[127]

„Mit Eselsohren weiß man, was in der Welt vor sich geht."
(Günter Eich, *Ein Nachwort für König Midas*)[128]

[127] Ilse Aichinger, *Wisconsin und Apfelreis*, in: *schlechte Wörter*, Frankfurt am Main 1976, S. 62
[128] Günter Eich, *Ein Nachwort von König Midas*, in: *Gesammelte Maulwürfe*, Frankfurt am Main 1978, S. 68

1

Und läßt du sie aus den augen auch nur für einen augenblick, schon schlügen die schlechten wörter um sich, heißt es, und die tränenreservoirs trockneten aus. So endeten alle geschichten, so sehr einer den sommer dem winter vorzöge und den anfang einzufrieren versuche. So sehr einer dagegen anschreibe, gegen den fortgang der geschichten und die vertreibung aus dem paradies sei niemand gefeit, so sehr er sich auch wappne mit erinnerung. Und wenn die liebesreservoirs noch so sehnsüchtig überschwappten, niemand entkomme dem sturm vom paradiese her, nur die erstickungstode an ihrem rand, nur die von der liebe erschlagenen nähmen zu. Aber dann, von den scheinwerfern eingefangen und grell ausgeleuchtet in einem vielleicht entscheidenden augenblick, liege da ein hund mitten in den sätzen und winde sich und winsle und komme nicht voran; und komme nicht voran und seinem toten hinterleib davon. Schon aber sei dieses bild vergangenheit und in die erinnerung eingebrannt. Er hätte den hund erschlagen sollen, sagt einer, bevor er verschwunden sei im dunkel der nacht. Aber die sätze machten weiter und schrieben sich dem sicheren ende zu, wo dann geschrieben steht: „Daß mir auf Erden nicht .." Nein, sagt der eine, da sei die winterhoffnung noch zu groß gewesen, als er an Kleists grab, im fallenden schnee.

Im sommer aber und vielleicht im herbst –: Im sommer aber und vielleicht im herbst! Wenn die tannenzapfen von den bäumen fallen und die im schatten der bäume sich liebenden nicht erschlagen.[129] Und wenn die doch weitermachen, immer weitermachen, trotz alledem, wie es heißt. Nur einer, heißt es, sei dann aber aufgestanden mit erigiertem glied und nackt in den wald hinein: von baum zu baum, als verstecke er sich, als spiele er nur. Und als er kaum noch zu hören, als er kaum noch zu sehen gewesen sei, habe die hinterherschauende verlassene, so erzähle die sich, so erzähle die vor sich hin, wenn sie, nun so ungetröstet allein, durch ihr haus wandere, in dem sie sich vor kurzem noch gerettet gefühlt habe vor den schlechten wörtern, ihn rufen hören: „Ich suche dir einen tannenzapfen, ich suche dir nur einen tannenzapfen, sorge dich nicht!" Aber sie habe sein rufen wohl mißverstanden, erzähle die sich, rede die vor sich hin, so erzählten die nachbarn, die ihrem erzählen im vorübergehn zuhörten wie dem täglichen feierabendgeläut: vor den immer offenen fenstern, seit der eine im wald verschwunden sei. Damit er sie höre, vielleicht? Damit er ins haus hinein kann? So wüßten sie bescheid, sagen die nachbarn, der hinterherschauenden verlassenen reden hörend beschützten sie sie, wenn .. – „Aber ach diese pause, die dann immer das ende sei!"

---

[129] „Die Flüsse haben hier ganz andere Namen und manchmal fällt ein Tannenzapfen von oben rasch herunter. So ist es." (Ilse Aichinger, *Besuch im Pfarrhaus*, in: *Auckland. 4 Hörspiele*, Frankfurt am Main 1969, S. 16)

2

Und der dichter Vitus Sültzrather habe sich einmal erinnert, daß er im moos gelegen habe nach dem sturz vom baugerüst, obwohl da kein moos gewesen sei, sondern nichts als beton, moosloser beton. Am beton schlage sich nun die erinnerung wund und setze größere hoffnungen in gang, die nichts zu tun hätten mit der wirklichkeit. Erst an den schwellen in seinem haus rollstuhle oder stuhlrolle[130] er sich in die gegenwart zurück, diese schwindsüchtige ausgeburt der vergangenheit. Wie eine tannenzapfenechse strecke sie ihm nun ihre breite blaue zunge heraus und verhöhne ihn. Wo denn die autoscheibenmücken hin seien, diese geschwindigkeitsmassakrierten einer entinnerten zeit? Oder die stromdrahtschwalben, an denen er seine steinschleuderkünste erprobt habe in den tagen einer kindheit voller gewalt und geborgenheit? Da lasse er sich manchmal müde werden und übe sich in die gleichgültigkeit ein.[131]

---

[130] Vgl. Vitus Sültzrather, *Notizbuch N° 1*, Aibeln 1959, S. 27: „So rollstuhle oder stuhlrolle ich jetzt in den paar Quadratkilometern herum, die mir noch geblieben sind."

[131] Vgl. dazu Vitus Sültzrather, *Notizbuch N° 22*, Aibeln 1999, S. 87 ff. Anhand dieser trügerischen, traumähnlichen erinnerung entwickelt Sültzrather über fast dreißig tagebuchseiten hinweg seine theorie der sog. „Erinnerungserfahrungen", die ein leben „schlußendlich", wie er schreibt, mehr bestimmten als die vermeintlich tatsächlich gemachten erfahrungen: „Die Fiktion des eigenen Lebens ist immer wirklicher als die vermeintliche Wirklichkeit." (S. 112)
Vgl. außerdem (zu den formulierungen des letzten satzes) Ilse Aichinger, *Aufzeichnungen 1950 – 1985*, in: *Kleist, Moos, Fasane*, Frankfurt am Main 1987. Dort heißt es unter 1975: „Sich müde werden lassen." (S. 76) Und 1972 schreibt sie: „Die Gleichgültigkeit einüben." (S. 74) Und sonst nichts, im übrigen, in diesem jahr.

3

Und manchmal, so sagen die nachbarn, alle paar tage vielleicht höre man aus dem haus der verlassenen hinterherschauenden sätze, die sie so daherrede; langsam und suchend, als läse sie sie; als läse sie sie zum ersten mal. Jedes mal. Längst sei man imstande, sie auswendig herzusagen, so oft habe man diese sätze gehört, so oft habe man sie nicht zu deuten gewußt:

> „**– und als wär der Gehstock
> meines Vaters ein Zauberstab,
> sah ich in einem Menschen,
> als gingen mir die Augen auf,
> was ich immer schon schaute
> und doch, nein, nie sah
> [wie das Ticken einer Uhr,
> das einer plötzlich hört]:
> dieses Flackern der Augen,
> dieses Falsch im Blick
> und diese Angst darin,
> daß sie einer sieht –: Das
> geht mir nicht aus dem Kopf,
> seit ich die Augen aufgemacht
> in aller Früh, mein Herz –**"[132]

---

[132] Isidor Sültzrather, *Mein wunderbarer Großonkel. Erinnerungen an den Dichter Vitus Sültzrather*, Klausen 2012, S. 224: „Daß diese im Nachlaß gefundenen Verse, die offensichtlich nur unvollständig erhalten sind (siehe Foto des Gedicht-Zettels im Anhang), seine Zugehfrau Notburga T. geschrieben hat, ist sicher: Handschriftenvergleiche lassen keine andere Möglichkeit zu. Ob aber sie selbst sie verfaßte oder ob sie sie abschrieb von irgendwem; und wenn doch sie selbst sie verfaßte, an wen sie diese Zeilen richtete, konnte ich nicht eruieren. Der Vater der Notburga T., so die Auskunft derer, die ihn noch gekannt haben, habe auf jeden Fall keinen Gehstock gehabt, nie."

„Mein herz, mein herz" – und dann, sagen die nachbarn, höre man „ein nicht enden wollendes weinen und schluchzen und plärrn"[133] hinter den sommers wie winters weit offenen fenstern. Bevor der eine im wald verschwundene – man kenne seinen namen nicht, seinen namen habe sie nie genannt – auf die suche nach einem tannenzapfen sei, habe er ihr vielleicht diese sätze aufgeschrieben, irgendwann davor. Man wisse es nicht, man vermute es; was wisse man denn auch? Und überhaupt seien die vermutungen im vormarsch, sie deckten hier schon die halbe landschaft zu, bald komme man ihnen nicht mehr aus. Da helfe auch der blick zum himmel hinauf, der blick hinein in die gestirnte vergangenheit –: nichts. Immer sei schon alles vorbei, wenn's einem ins hirn eindringe, immer sei da schon alles vorbei! Wie auch der maulwurf schon wieder in sein dunkel hinab sei, in seine verborgenheit, wenn man seiner noch ansichtig zu sein scheint.

4
Und einmal, heißt es, das sei lange her, habe man die maulwurfshügellöcher mit tannenzapfen zugestopft. Als man im frühjahr den garten umgegraben habe, seien die maulwürfe nun tot dagelegen in der sonne in ihrem weichen fell. Wie viele? Man habe sie nicht ge-

---

[133] Als habe man sich darauf verabredet, habe ein jeder, nachdem er die von Veronika F. dahergeredeten verse auswendig hergesagt habe, im beschreiben des darauf folgenden die wendung verwendet: „ein nicht enden wollendes weinen und schluchzen und plärrn".

zählt. Daraus habe man sich handwärmer und halswärmer gemacht und sich so der kalten zeit erwehrt, die ja immer über die menschen komme, wenn sie von keinem erwartet wird.

Sültzrather hätte nie in pension gehen wollen
oder: Der anfang hört immer mit einem ende auf.

> „Von deinen Kindern lernst du mehr als sie von dir:
> Sie lernen eine Welt von dir, die nicht mehr ist;
> Du lernst von ihnen eine, die nun wird und gilt."
> (Friedrich Rückert, *Alt und neue Welt*)[134]

[134] Friedrich Rückert, *Alt und neue Welt*, in: *Pantheon*, in: Werke, Bd. 2, Leipzig und Wien 1897, S. 47

1

Sültzrather hätte nie in pension gehen wollen; wäre er lehrer gewesen. Aber weil er ein dichter war, hatte er dazu, wie er in sein letztes notizbuch schrieb, ein paar monate vor seinem tod, `keinen hinreichenden Grund`[135]; sein leben sei `keine Abfolge von Jahreszeiten`. Seit seinem sturz vom baugerüst und also seit dem beginn seiner rollstuhl- und schreiberexistenz sei es nichts als eine aneinanderreihung von tagen und

---

[135] Vitus Sültzrather, *Notizbuch N° 24*, Aibeln 2001, S. 117. Alle folgenden sültzratherschen sätze, ob wörtlich zitiert oder nicht, findet einer, soweit nicht anders vermerkt, in diesem vorletzten notizbuch des aibelner dichters – genauer: zwischen den seiten 117 und 168. Daß ich im folgenden auf eine genaue seitenangabe verzichte, möge man mir nachsehen; doch vielleicht verführe ich manch einen so ja zu einem nachlesen, nachschauen; denn es lohnt sich allemal, glauben Sie mir. Sültzrather, ein exzellenter kenner nicht nur der europäischen philosophie, weiß selbstverständlich um die geschichte des „Satzes vom zureichenden Grund", vom wahlathener Aristoteles bis herauf zum leipziger Leibniz, dem dieser satz neben dem „Satz vom Widerspruch" eines der beiden prinzipien ist, auf die sich menschliche vernunftschlüsse stützen; er weiß selbstverständlich, daß der große Kant lieber vom „Satz des bestimmenden Grundes" spricht und der geliebte Schopenhauer dann vom „Satz vom Grunde"; und daß der meßkirchner Heidegger, der ihm immer ein gräuel war, von anfang an, kurz vor seinem sturz vom baugerüst an der freiburger universität eine vorlesung mit dem titel „Der Satz vom Grund" hielt, weiß er auch. (Letzteres, dies in klammern, ist noch eine andere geschichte.) Warum er selbst in diesen letzten sätzen von einem „*hin*reichenden Grund" spricht, mag trotz allem vielleicht nicht von entscheidender bedeutung sein. Hier über mögliche gründe und hintergründe dieser formulierung zu spekulieren, führte auf jeden fall zu weit – oder, wie es heißt, aus dem zu beackernden feld hinaus.

sätzen, dieses leben; aber es folge kein tagsatz daraus, nie, das wertlose geselle sich zum hilflosen, wer auch immer das verstehen mag. – Wäre ich Lehrer gewesen, hätte ich nie in Pension gehen wollen, denn ich hätte nichts mehr lernen können darüber, was einmal kommen wird; wäre ich Vater geworden, hätte ich Kind nach Kind gezeugt, so hätte ich inständig in die künftige Welt geschaut. Aber als dichter lerne er nur, was gewesen sei; nichts als die erinnerung schreibe sich in all seine sätze hinein, nichts als die zukunftslose, die entwicklungslose erinnerung. Auch wenn sich die erinnerung verändere, wenn sie werde und vergehe und sich aufplustere manches mal und immer schon bald ein anderes sei als das einmal gewesene, bleibe sie doch nichts als vergangenheit und leuchte bloß irrlichternd in die gegenwart herauf. Damit habe er zu leben versucht, von satz zu satz; aber er habe es nie so gelernt, diesen zustand einer chronischen zukunftsanämie oder zukunftsanorexie auszuhalten, daß er damit hätte ruhig einschlafen können wie der eine, der endlich den unterschied zwischen einem term und einer therme verstanden hat. Mir selbst scheint ja, je mehr ich darüber nachdenke, die Liebe zur Mathematik in jenem Frühjahr abhanden gekommen zu sein, schreibt Sültzrather, als ich damals, in einem unbewachten Augenblick eines zerstreuten Hinausschauens, plötzlich von einer Lehrerfrage daraus herausgerissen, von den Eigenschaften einer Therme geredet habe statt von jenen eines Terms. Das lachen der mitschüler hätte ihm wahrscheinlich nichts ausgemacht; aber das überbordende, immer wieder neu anschwellende, das beinah unstillbare Gelächter des Lehrers habe ihm, so denke er jedes mal mehr, wenn er sich daran erinnere, die liebe zur Mathematik ausgetrieben, mit jedem Anschwellen mehr – bis er selbst von einem lachanfall überfallen worden sei. Dann sei es irgendwie aus gewesen; wie erstarrt habe er danach aller mathematik zugeschaut, habe sie an sich abprallen sehen; und sei doch zwischendurch etwas mathematisches in ihn hinein, habe er es sofort wieder ausgespuckt wie etwas Ekelhaftes, wie etwas Giftiges, wie etwas, das – –. Und auch das Singen ist mir dort gestohlen worden, viel früher schon. – Bin ich darum von der Schule ab und Zimmerer geworden? Denn eigentlich habe er immer lehrer werden wollen, bis zu jenem Thermen- oder Termzwischenfall, schreibt Sültzrather, habe ich immer Lehrer werden wollen; daß keinem mehr das Singen ausgetrieben wird oder das Lesen oder das Rechnen oder das Denken oder das Schreiben –. Denn welches kind wolle nicht lernen, wenn es in die schule komme? Welches kind wolle nicht weiterlernen, wolle nicht weitertun, wo es aufgehört habe – und nun schreiben und lesen und rechnen lernen, wenn es in die schule komme? Wie es ja schon, wie alle anderen kinder und beileibe nicht ohne große Anstrengungen, das sitzen und das stehen und das gehen und das reden gelernt hat?[136]

2

Wäre Sültzrather lehrer geworden, hätte er nie in pension gehen wollen; er hätte sich zu sehr um die kinder gesorgt: Ich hätte mich zu sehr um die Kinder gesorgt. Und wie er vom schreiben nie losgekommen sei, wäre er vom lehren, wäre ich vom Lehren oder vom Lernen, vom Zukunftlernen und Zukunftschauen nie losgekommen. Aber vielleicht sei es ja besser gewesen, daß er nie lehrer geworden sei, daß er vom baugerüst gefallen sei: Vielleicht hätte ich sonst ja irgendwann doch umgesattelt und

---

[136] Vgl. dazu Peter Bichsel, *Wissen ist Widerstand*, in: ders., *Schulmeistereien*, Frankfurt am Main 1998, S. 14 f.: „Ich erinnere mich noch sehr deutlich an meinen ersten Schultag. Ich erinnere mich, wie ich mich augenblicklich in meine Lehrerin verliebte: für mich die einzige Erklärung dafür, daß ich kein Schulversager wurde. Ich könnte ihr Kleid heute noch beschreiben. Aber ich erinnere mich auch, daß ich diesen ersten Schultag als Betrug empfand. Man hatte mir gesagt, daß man in der Schule lesen und schreiben lernt, und wir hatten an diesem ersten Tag überhaupt nichts gelernt. Ich wollte doch ein Schüler werden wie die richtigen Schüler. Aber es dauerte tagelang, bis es anfing, und als es anfing, da bemerkte ich es nicht einmal. Ich bin [..] als Lernwilliger in die Schule gegangen. Aber man ließ mir in der Schule nicht einmal das Erlebnis des Lernens. Ich habe das Lernen, auf das ich mich so freute, nicht bemerkt, weil man glaubte, mich mit Spielchen, Klebförmchen, mit Äpfelchen und Birnchen zum Lernen verführen zu müssen. Ich übertreibe, wenn ich sage, ich war beleidigt, daß man mir meine Lernwilligkeit nicht glaubte. Aber vorstellen könnte ich mir das schon. [..] Es ist eine eigenartige Sache, daß die Schule immer wieder

wäre doch wieder in die Schule zurück; und
so sehr in die Schule hinein, wie ich es mir
immer gewünscht habe bis zu jenem Thermen-
oder Termzwischenfall. Der vielleicht auch
eine Falle gewesen ist, in die ich hineinge-
fallen bin wie danach vom Baugerüst; wie
nun schließlich ganz ins Schreiben hinein!
Vielleicht sei es so besser gewesen; weil er sonst, wie
alle lehrer, schließlich auch in pension gegangen –
Oder kennen Sie einen Lehrer, der nicht in
Pension gegangen ist? – und irgendwann schweißgebadet aufgewacht wäre nach irgendeinem lehrer-
traum – und nun glücklich, vielleicht über-
glücklich gewesen wäre, schon seit Jahren
nicht mehr Lehrer zu sein: Stellen Sie sich
vor, Sie erwachen und sind glücklich, nicht
mehr zu sein, was sie ein Leben lang gewesen
sind![137] – Nein, wenn ich Lehrer geworden

---

    von der Lernunwilligkeit der Schüler ausgeht. Die Klage der Lehrer über unsere Lernunwilligkeit begleitet unsere ganze Schulzeit von der Volksschule bis zur Universität: ‚Die Schüler sind zu faul, die Studenten sind zu faul, niemand will lernen.' Dabei treten in die erste Klasse der Volksschule lauter Lernwillige ein, und es sind nicht nur Lernwillige, es sind auch Lernfähige. Sie haben große Erfahrungen im Lernen, sie haben – nicht ohne große Anstrengungen – sitzen gelernt, stehen gelernt, laufen gelernt, reden gelernt. Sie verstehen praktisch vom Lernen mehr als ihr Lehrer, der sein eigenes Lernen längst vergessen hat, der an seine eigene Schule keine Lernerinnerungen hat, sondern nur Prüfungserinnerungen und Erfolgserinnerungen: er ist durchgekommen."

[137] Vgl. Peter Bichsel, *Unbewältigte Vergangenheit*, in: *Alles von mir gelernt. Kolumnen 1995 – 1999*, Frankfurt am Main 2000, S. 19 f.: „Ich erwache schweißgebadet, und es dauert ein paar lange Sekunden, bis mir

wäre, hätte ich nicht in Pension gehen wollen. Vielleicht auf die berge, irgendwann; das ja. Da sei man dem himmel so nah.

3

Aber vielleicht ist es ja müßig, darüber nachzudenken, was Sültzrather getan hätte, wäre er nicht vom baugerüst gefallen, nachdem er zimmerer geworden war; wäre er nicht von der schule ab, nachdem er von den eigenschaften einer therme geredet hatte statt von den eigenschaften eines terms; wäre er nicht ums singen gebracht worden, weil ihm schon gleich zu beginn gesagt wurde, daß er nicht singen kann: Vielleicht wäre er dann lehrer geworden und in seinen wunsch hinein – und wäre am ende dann doch in pension gegangen. – Und, ja, vielleicht hätte dann einer gesagt, wie schön es sei, aufzuhören im richtigen augenblick; oder: was für eine kunst doch das aufhören sei; denn jeder abschied sei ein kleiner tod, jede trennung sei ein kleiner tod, jedes aufhören sei ein kleiner tod. Und vielleicht hätte der nun – und niemand wüßte, warum; und, in diesem augenblick, auch nicht er selbst – ein märchen erzählt von einem kind, dem alle tode schon geschehen waren und das auf der suche nach nichts als einem leben war. Denn daß das ende immer ein anfang

---

einfällt, daß ich schon seit bald dreißig Jahren nicht mehr Lehrer bin – ein Glücksgefühl, etwas, das einem in der Realität nicht gelingt, da fällt einfach in einer Sekunde eine große Last von der Schulter, weggenommen wie von einem Engel."

sei, hat man dem kind erzählt; und, wie wir alle, habe es sich aufgemacht und sei jenem anfang nach, der nach dem ende sei; sei zukunftshungrig in die hoffnung hinein, die nicht auszurotten ist: in den menschen, nie.[138] Und vielleicht hätte der lehrer Sültzrather nun die paar sätze gedacht, die der dichter Sültzrather am ende geschrieben hat: Hab immer angeschrieben gegen all den Zukunftshunger, gegen all diese hoffnungsgeblähte Zukunftshingewandtheit - die den Menschen aber nichtundnicht auszuschreiben ist. Auch mir nicht, nein; so sehr ich sie mir - und in wie vielen Nächten! - vom Leib geschrieben hab: Immer zur Hintertür, wie ein nächster Morgen, zwängte sie sich in mein Hirn herein; je gewaltiger ich meine Satzbarrikaden auftürmte davor -.[139] Ach, daß jedes ende doch auch ein anfang sei, hätte der lehrer Sültzrather nun vielleicht vor sich hingedacht, während der eine mit seinem reden an kein ende gekommen wär; hätte dann in seinem kopf vielleicht ein gedicht geformt, vers für vers −: und am Ende aber / ist das Ende /

---

[138] Vgl. das ende dieses märchens in *Die Sternthaler* der brüder Grimm – „Da sammelte es sich die Thaler hinein, und war reich für sein Lebtag." (*Kinder- & Hausmärchen, gesammelt durch die Brüder Grimm*. Ganz Große Ausgabe in 3 Bänden, Bd. 2, Leipzig 2012, S. 326) – und bei Georg Büchner: „Und da hat sich's hingesetzt und geweint, und da sitzt es noch und is ganz allein." (*Woyzeck*, in: *Werke und Briefe*, München 1965, S. 130)

[139] Vitus Sültzrather, *Notizbuch N° 25*, Aibeln 2001, S. 4

immer ein Anfang // der Anfang aber / ist immer am schwierigsten / und darum das // Schönste, wenn er / gelingt. – Und nun, und nun: hätten die andern alle ein lächeln gesehen in seinem gesicht; und bevor der eine geendet hätte: Mitten in sein reden hinein hätte ein nicht enden wollendes, immer neu anschwellendes, beinah unstillbares beifallsklatschen der hände eingesetzt: „in die immerfort weiter sich öffnende [..] Zukunft"[140] hinein. – Ja, so.

---

[140] Franz Kafka, *Auf der Galerie*, in: *Ein Landarzt. Kleine Erzählungen*, Berlin 2016, S. 28

Unterdererde (oder: sperrgebiet)
Totenbildchen, die geschichten von Rut

„Alles, was die Welt ist: der Traum."
(Vitus Sültzrather, *Notizbuch N° 11*)[141]

„Die Tradition aller todten Geschlechter
lastet wie ein Alp auf dem Gehirne der Lebenden."
(Karl Marx, *Der achtzehnte Brumaire des Louis Bonaparte*)[142]

„Unter allem Müll die Toten
[..] Mutter Vater, jetzt in eurem vergessenen Tod [..]
ich sollte nachsehen."
(Reinhard Jirgl, *Oben das Feuer, unten der Berg*)[143]

---

[141] Vitus Sültzrather, *Notizbuch N° 11*, Aibeln 1984, S. 22
[142] Karl Marx, *Der achtzehnte Brumaire des Louis Bonaparte*, 2. Aufl., Hamburg 1869, S. 1
[143] Reinhard Jirgl, *Oben das Feuer, unten der Berg*, München 2016, S. 8

1

„So wie es ja fast die gesamte Menschheit nicht mehr gibt!"[144] Und es drehe ihm schier das hirn um vor erschrecken und eine himmelschwere traurigkeit lege sich auf ihn, sagt Franz Verluhr, wenn er, aus welchem anlaß auch immer – seien es nun bilder von knochenhaufen und schädelpyramiden oder etwa eine menschenzahl irgendwo – an all die menschen, an die er dann denken wolle, nicht denken kann: „Weil es sie in keiner Erinnerung gibt! Weil die höchstens Theil einer Zahl sind und in Wirklichkeit doch ungezählt! Weil die Welt milliardenmal untergegangen ist, Todt um Todt um Todt, ohne daß wir Notiz nehmen davon – oder vom Leben davor!"[145] Jeder zertretene regenwurm rühre mehr unser herz, sagt Franz Verluhr, jede gedichtete ameise sei anwesender in unserm kopf, gegenwärtiger: „Nun kämpft sie um ihr Leben. / Nun lassen die Kräfte der Ameise nach. / Nun ist sie am Ende. / Nun bewegt sie sich nicht mehr."[146]

---

[144] Sebastian Kranther, *Die Untergegangenen. Ein wirklicher Zeitroman*, Erlangen 1876, S. 96
[145] Sebastian Kranther, *Die Untergegangenen*, S. 97
[146] Sarah Kirsch, *Ausschnitt* (aus *Erdreich*) in: *Sämtliche Gedichte*, München 2005, S. 228. (Die dichterin Sarah Kirsch habe aber, sie selbst habe es seinem großonkel in einem brief versichert, nichts von der existenz eines Sebastian Kranther oder eines Franz Verluhr gewußt, das 1982 veröffentlichte gedicht *Ausschnitt* sei „wie alles andre auch aus den eignen Erfahrungen aufs Papier gebracht", zitiert sie Isidor Sültz-

2

Vitus Sültzrather, sein „wunderbarer Großonkel", schreibt Isidor Sültzrather in seinem erinnerungsbuch, habe sich etwa ab der ersten hälfte der achtzigerjahre, „als die literarische Welt von Frankfurter Buchmesse zu Frankfurter Buchmesse auf das nächste große Werk meines Großonkels gewartet hat, wie einmal die jüdische Welt auf den Messias", er aber immer mehr nur noch für sich geschrieben habe: „schreibend und streichend, schreibend und streichend", wie seine zugehfrau Notburga T. immer lauter geantwortet habe mit den jahren, wenn einer sie, die Sültzrather – „Ja, doch!" – doch am nächsten erlebt und erfahren haben müsse durch die tägliche haushaltsarbeit, gefragt habe danach, was der denn mit all dem papier getan habe, er müsse doch nichts als geschrieben haben all die zeit, wozu habe er sich denn sonst jeden montag eine fünfhunderterpackung bringen lassen all die jahre hindurch[147] – „Jeden Montag eine Fünfhunderter-

---

rather in seinen *Erinnerungen an den Dichter Vitus Sültzrather*. Wahrscheinlich als beleg dafür ist die erste seite eines briefes Sarah Kirschs an Vitus Sültzrather abgebildet, der Sebastian Kranther ja häufig reden läßt in seinen notizbüchern, vor allem im *Notizbuch N° 8* aus dem jahre 1977; die Kranther- bzw. Verluhrpassage des briefes fehlt auf der abbildung allerdings. – Vgl. Isidor Sültzrather, *Mein wunderbarer Großonkel. Erinnerungen an den Dichter Vitus Sültzrather*, Klausen 2012, S. 134 f.)

[147] Isidor Sültzrather, *Mein wunderbarer Großonkel*, S. 202: „Ungefähr 20 Jahre lang hat ihm ein Angestellter des kleinen dörflichen Supermarkts an jedem Montagmorgen eine Fünfhunderterpackung Din-A4-Blätter ins Haus gebracht. Wenn man also 500 Din-A4-Blätter mal 54 Wochen mal 20 Jahre rechnet, so hat mein Großonkel in seiner letzten Schaffensphase, die einerseits ja seine produktivste und andererseits aber in

packung, Sommer und Winter, liebe Filomena, all die Jahre hindurch! Du kannst dir gar nicht vorstellen, wie es ausschaut in seiner Schreibkammer, da stapeln sich Zentner von Papier und ich krieg den Staub nicht aus dem Haus! Ich darf das Papier ja nur angreifen unter seiner Aufsicht! ‚Daß ja nichts durcheinanderkommt!, daß mir ja nichts durcheinanderkommt!', schreit er und fuchtelt mit seinem Militärmesser herum, wenn ich versuche, den Staub zu entfernen von seinem ‚makellosen Werk', wie er seine Papierhaufen nennt. Als wär's die Jungfrau Maria, vielhundertfach, mein Gott! Aber was soll da schon durcheinanderkommen? Er streicht ja fortzu, was er geschrieben hat, schabt und kratzt an den Abenden und oft in die Nächte hinein die Blätter wieder weiß, die er tagsüber vollgeschrieben hat. Daß ich alle Bittfüruns sein Militärmesser[148] schleifen muß! Inzwischen kommt er ohne mich ja gar nicht mehr in die Schreibkammer hinein, geschweige denn heraus! Ach, Filomena, was für eine Buggelei!"[149] –, etwa ab der ersten hälfte der achtzigerjahre, als seinem großonkel

---

Wirklichkeit auch seine unproduktivste gewesen ist, 54.000 Din-A4-Blätter vollgeschrieben und abgeschabt, abgekratzt, ausgelöscht."

[148] Isidor Sültzrather, *Mein wunderbarer Großonkel*, S. 306: „Das Militärmesser, ein Geschenk seines Verdingser Onkels, wurde ihm am Ende und vor allem im letzten Jahrzehnt ähnlich heilig, wie ihm davor die Pelikan 400, dieses letzte Geschenk seiner Mutter, heilig gewesen war."

[149] Sültzrather, *Mein wunderbarer Großonkel*, S. 206. Dieser brief Notburga T.s an ihre latzfonser kusine Filomena Z. ist datiert mit „Mittwoch, 25. Oktober 1995". In einer fußnote merkt Isidor Sültzrather an, daß Filomena Z. ihm die briefe ihrer kusine Notburga T. überlassen habe „wegen der Wahrheit willen"; so jedenfalls habe sie es ihm in einem brief mitgeteilt.

„kein Satz mehr Satz genug gewesen ist"[150], als nur noch die ausgelöschten, die abgeschabten, die nur von ihm erinnerten, vergessenen sätze bestand gehabt hätten in seinem werk, als dieses werk, sagt F., sich mehrundmehr verwandelt habe in erinnerung und dadurch endlich wirklichkeit geworden sei wie all die wirklichkeit, all die welt in der welt, die uns immer zur geschichte werde schon im nächsten augenblick, wie jetzt ihm, Sültzrather, die am tage aufgezeichneten geschichten am selben abend schon geschichte geworden seien und so eingegangen seien in die verborgenheit[151], habe er sich immer mehr mit den toten beschäftigt, mit den toten dichtern zuerst und dann immer mehr mit all den toten, von denen nicht mehr die rede gewesen sei. Da habe er begonnen, totenbildchen zu sammeln, von seinen verwandten zuerst und dann von den toten in seinem dorf und bald aber habe er totenbildchen gesammelt über das dorf hinaus und habe „Rut, die Schöne"[152], die an ihm, wie es einmal in einem brief ihrer mutter an Filomena Z. heißt, „wie eine Klette hängende"[153], an

---

[150] Sültzrather, *Mein wunderbarer Großonkel*, S. 198
[151] „Wenn das Wasser der Lethe und das Wasser der Mnemosyne sich schließlich mischen im Meer der unteren Welt, in das sie unweigerlich münden einmal –; daraus zu trinken, was gäbe ich darum!" (Vitus Sültzrather, *Notizbuch N° 22*, Aibeln 1999, S. 113)
[152] Vitus Sültzrather, *Notizbuch N° 13*, Aibeln 1986, S. 17. Zum ersten mal wird hier die tochter seiner zugehfrau Notburga T. mit diesem herrscherinnenattribut herausgehoben, hervorgehoben, geadelt; daneben wird sie in den notizbüchern immer wieder auch als „die schöne Rut" bezeichnet.
[153] Isidor Sültzrather, *Mein wunderbarer Großonkel*, S. 245 (Briefdatum: „Montag, 13. Juli 1987")

seine gefühlsleeren, tauben beine, wenn sie ihrer mutter einmal entkommen bzw. ausgekommen sei, sich schmiegende tochter der zugehfrau Notburga T. angewiesen, sie auf die schon vor jahren möbel- und bilderbefreite nordwand, die fußwand seines schlafzimmer so zu kleben, daß sie, wie die Rut T. ihm gesagt habe, sagt F., „möglichst keinen bleibenden schaden" nähmen. Mit hilfe der staffelei, die ihm sein vater, der Kalberbauer, am anfang seiner zimmererlehrjahre geschenkt habe, obwohl der ja sicher gewußt habe, sagt F., daß eine staffelei doch eher etwas für einen anstreicher-, einen tapezierer- oder etwa auch einen elektrikerlehrling sei als für einen, der, wie der Kalber Vitus, ganz gegen den willen seines vaters, der zwar auch seine drei töchter, also die Veronika, die Genovefa und die Cäcilia geliebt habe, aber als bauern auf dem Kalberhof habe auch er, „der vielleicht belesenste bauer weitum", wie es geheißen habe, sich doch eigentlich nur seinen sohn, den Vitus, vorstellen können, auch wenn er dies öffentlich nie zugegeben habe, ein zimmerer habe werden wollen[154] –, mit hilfe dieser staffelei habe „die schöne Rut", wie Sültzrather sie auch genannt habe, sagt F.[155], die nord- oder fuß-

---

[154] Eigentlich aber hat Vitus Sültzrather immer lehrer werden wollen; so heißt es etwa einmal in einem seiner notizbücher: „[..] und bis zu jenem Thermen- oder Thermzwischenfall habe ich immer Lehrer werden wollen; daß keinem mehr das Singen ausgetrieben wird oder das Lesen oder das Rechnen oder das Denken oder das Schreiben – [..]" (Vitus Sültzrather, *Notizbuch N° 24*, Aibeln 2001, S. 134).

[155] Vgl. die fußnote 152.

wand seines schlafzimmers schließlich vollgeklebt, vollkommen vollgeklebt, sagt F., auch ein fliesenleger hätte die fugen nicht genauer, nicht gleichmäßiger verfugen können. Als belohnung dafür habe Sültzrather, wenn die Rut, der aufsicht ihrer mutter, der schlafmittelsüchtigen zugehfrau Notburga T.[156], „entschlichen", wie die Rut dieses nächtliche zu-Sültzrather-schleichen genannt habe, sagt F. – „Wie oft bin ich meiner mutter entschlichen und zum dichter Sültzrather hinüber!", habe die Rut immer wieder gesagt, erzähle man sich im dorf –, ihr, während sie sich an ihn geschmiegt und ihm zärtlich übers haar gestrichen habe[157], zu jedem totenbildchen eine geschichte erzählt.[158] „Ach, wenn er die aufgeschrieben hätte, wenn ich sie aufgeschrieben hätte! Wie viele men-

---

[156] Die schlafmittelsucht sei im dorf allgemein bekannt gewesen, sagt F., obwohl die Notburga T. dies habe geheim halten wollen dadurch, daß sie die tabletten nie in der nahen klausener apotheke, sondern vor allem in einer apotheke in Bozen sich besorgt habe. – Daß etwas, was in einem dorf allgemein bekannt sei, der betroffenen person in den meisten fällen nie als allgemein bekannt zu ohren komme, sei eines der vielen noch nicht untersuchten und also noch nicht gelüfteten rätsel des dörflichen zusammenlebens, sagt F.; aber die soziologie beschäftige sich ja noch immer nicht mit tratsch und klatsch, obwohl dies doch die einlage schlechthin in der täglichen gesellschafts- bzw. geschichtssuppe sei.

[157] Vgl. das ende der nicht gehaltenen geburtstagsrede Isidor Harrers in: Vitus Sültzrather, *Wie ein Taubenschlag*, Heidelberg 1973, S. 71: „Wenn Menschen zärtlich wie Katzen wären, was wäre die Welt für eine Welt!"

[158] „Das einzige was menschen ewigkeit verleiht ist nicht etwa / die geschichte sondern nur eine geschichte die man erzählt" (Raoul Schrott, *Gilgamesh. Epos*, München Wien 2001, S. 166)

schen wären gerettet, die so schon wieder vergessen sind!"[159]

3

Der sei schon als kind manchmal stundenlang wie weg gewesen, nicht mehr ansprechbar, erzähle man sich in Aibeln, sagt F., auf den knien sei er durchs haus gerutscht und habe sich und der luft geschichten erzählt von menschen, die es nie gegeben habe. Bald habe ihm keiner mehr zugehört, ja man habe sein reden schließlich wie das rauschen des Thinne Bachs nicht mehr gehört; als ob man ihn vergessen hätte, „als ob wir ihn vergessen hätten", habe seine mutter manchmal erschrocken gesagt. Und dann wieder – immer wieder, vielleicht ein paarmal im jahr – sei er plötzlich jemandem hinterher und habe sich an dessen beine geklammert, als wolle er ihn aufhalten, habe sich an die kittel der frauen gehängt; und einmal sei er einer alten frau

---

[159] In Aibeln erzähle man sich, sagt F., daß „die schöne Rut", wie sie da nur noch heiße – und ein unterton schwinge mit, den man nur deuten könne, wenn einer die ganze geschichte der Rut T. kenne –, die totenbildchen noch in der nacht, in der Vitus Sültzrather gestorben sei, von der schlafzimmerwand „heruntergelöst" habe; und jetzt versuche sie in ihrer dafür aber viel zu kleinen wohnung in der stadt diese totenbildchenwand wieder herzustellen, um so den toten auf den totenbildchen die geschichten zuordnen zu können, die „wie an einer schnur aufgefädelt" in ihrem hirn seien, immer noch. Aber sie derstelle die reihenfolge der totenbildchen nicht mehr her, daß sie endlich wieder passe zur reihenfolge der geschichten in ihrem kopf. Und längst hätten sich die geschichten auch aufgelöst, fransten sie aus, seien einzelne teile der geschichten in andere hineingeraten, hätten sich die geschichten verklebt und verknäult. So werde die Rut, „die schöne Rut", heißt es, „mehr und mehr irre im kopf".

unter ihr knöchellanges kleid, daß die „hellauf aufgejauchzt" habe. Und die einen sagten, als sei der teufel hinter ihr her, und die anderen jedoch, als hätte sie, „juschtla für einen augenblick", die lust, „die abgestorbene, zuflure gegangene lust" –; und schon, wenn man davon zu erzählen beginne, beginne man zu stottern und wisse nicht, wie man weiterreden soll. Aber nach dieser totenbildchenzeit, als die fußwand seines schlafzimmers vollkommen austapeziert gewesen sei, als die totenbildchen sozusagen auserzählt gewesen seien, da habe die Rut, sagt F., habe ihm die Rut erzählt, ihn aus dem haus rollen sehen: „in einer vollmondnacht", in den apfelbaumgarten hinaus, der an den friedhof, in den damals noch mehrere meterlange granitstufen hinaufgeführt hätten, gegrenzt habe; und dann immer wieder, beinahe nacht für nacht. Und einmal habe sie es „nicht mehr ausderhalten", und sie sei ihm nach und habe schon von weitem gesehen, wie er vor der friedhofsmauer auf dem boden gelegen sei. Und schon habe sie ihm aufhelfen wollen, auf seinen rollstuhl hinauf; und schon sei sie bei ihm gewesen, hinter ihm und – und da habe sie gesehen („Mein gott, wenn ich nur daran denke, wird mir schlecht!", habe die Rut gesagt, sagt F.), wie er, auf dem bauch liegend, mit den bloßen händen sich hinunterzugraben versucht habe in die erde an der friedhofsmauer, immer heftiger und immer verzweifelter, so sei ihr vorgekommen, er habe sie nicht bemerkt; als wolle er sich zu den toten graben, sei ihr durch den kopf. Aber dann habe sie diesen gedanken wieder verworfen, denn wer wolle schon als lebender zu den toten hinab. Jedoch später einmal, als sie wieder einmal bei ihm gewesen sei in der nacht und ihm übers haar gestrichen habe, „nur übers haar", da sei er wahrscheinlich betrunken oder irgendwie anders berauscht gewesen, so sei ihr vorgekommen, in jener nacht habe er geweint. „Der Vitus Sültzrather, stellen Sie sich vor, hat geweint!", sagt F., habe die Rut gesagt; er habe geweint und gebettelt, sie solle ihn doch zu den nachbarn bringen: „Bring mich zu meinen nachbarn, grab mich zu ihnen hinab, ich möchte wie sie vergessen sein!" Und dann wieder habe er sie angefleht, „wirklich, wie ein verlorener", habe die Rut gesagt, sagt F., habe er sie an einem samstag angefleht –; ja, sie wisse noch genau, daß es ein samstag gewesen sei, denn es sei ein ostersamstag gewesen, ein karsamstag, wie man hier sage, sie wisse nicht, wieso, das habe ihr noch keiner erklärt: „Rut, schöne Rut", habe er sie an diesem ostersamstag angefleht, 1997 müsse es gewesen sein oder vielleicht auch 1998, „vergiß mich nicht, wenn ich unter der erde bin! Wenn ich dein nachbar bin, Rut, erzähle mich! Erzähle mich weiter, daß ich einmal gewesen bin, daß ich nicht in der welt verloren geh wie all die gewesenen, die unter der erde sind und sich sehnen, sich unendlich sehnen, doch gewesen zu sein, doch aufgehoben zu sein in der erinnerung! Schau, wie sie all die menschen unter die erde treten, wie sie sie unter die erde stampfen, in die vergessenheit hinein, Rut, Rut, in die verschwundenheit!" Ja, habe die Rut gesagt, sagt F., sie könne sich noch genau erinnern, daß er das gesagt habe, „genau so"; sie sei mit keinem guten gedächtnis „ausgestattet", nein, und das gedächtnis lasse auch schon sichtlich nach, zum glück, habe die Rut gesagt, sagt F., denn so löse sich das eine und andre auf in der zeit, schmilze wie der schnee und sickere in die erde hinein, was einen vor schmerz, vor weh sonst in die verlorenheit stößt, ins dunkle hinein —[160], aber an diese ostersamstagsätze könne sie sich noch genau erinnern. Als habe er sie gerade erst gesagt, der dichter Vitus Sültzrather, den sie immer nur Vitusl genannt habe. „Mein liebes Vitusl", habe sie immer gesagt, wenn sie ihm übers haar gestrichen habe, „nur übers haar". Und das meiste, was er gesagt habe, verstehe sie; auch wenn sie „nicht ganz die gscheiteste" sei, verstehe sie es. Aber immer noch nicht begreife sie den letzten satz, diesen letzten ostersamstagsatz: „Rut, meine schöne Rut, ich möcht so gern verschwunden

---

[160] Die neuesten forschungen gehen davon aus, daß das menschenhirn nicht vor allem ein erinnerungsorgan sei, sondern vielmehr ein organ, vor allem dazu da, vergessen zu können; wie eine sortiermaschine vielleicht, die spreu vom weizen trennend. Aber was vom erfahrenen ist spreu, was ist weizen? – Vgl. dazu auch Arthur Schopenhauer: „Man lernt nur dann und wann etwas; aber man vergißt den ganzen Tag. / Dabei gleicht unser Gedächtniß einem Siebe, das, mit der Zeit und durch den Gebrauch, immer weniger dicht hält [..]" (zit. nach: Arthur Schopenhauser, *Parerga und Paralipomena. Kleine philosophische Schriften. Zweiter Band*, 1874, § 364, S. 643, in: *Arthur Schopenhauer's sämmtliche Werke*. Herausgegeben von Julius Frauenstädt. 6 Bände, Bd. 6, Leipzig 1873 – 1874)

sein; erzähl mich, Rut, erzähle mich!"[161] Nein, da begreife sie den zusammenhang nicht; und nicht, daß er sie danach so lang angeschaut habe, so, als schaute er in sie hinein. Irgendwann, schon bald habe sie diesen blick, habe sie diese augen nicht mehr ausgehalten und habe weggeschaut; aber er habe nicht aufgehört, sie anzuschaun, das habe sie in ihrem körper gespürt. Aber sie sei dennoch nicht weggegangen an diesem ostersamstag, sie sei bei ihm geblieben, sei mit der hand über sein haar, bis er eingeschlafen sei. „Bis er endlich eingeschlafen ist, haben wir kein wort gesagt; ich aber hab mir seine sätze gemerkt. Ich hab sie damals auswendig gelernt, ja."

4

Nein, sagt F., nachdem er so lange nichts gesagt und nur an die hände der Rut, der „schönen Rut" gedacht hat und daran, wie sie ein kleines stück der der menükarte beigelegten tageskarte abreißt und zwischen den fingerkuppen des zeigefingers und des daumens ihrer linken hand hin- und herrollt, bis sie es, warum auch immer, aber immer nach ungefähr elf minuten, er habe irgendwann auf die uhr geschaut, weglegt und ein weiteres stückchen der tageskarte abreißt und zwischen den fingerkuppen hin- und herrollt, wiederund-

---

[161] Vgl. die rede Shamashs, des sonnengottes und beschützers Gilgameshs, am ende des sog. *Gilgamesch-Epos*: „Der einzige himmel / der dich erwartet ist der in dem du geschichten erzählen / darfst – hier kannst du gern ein gott sein – ein gott aber / der toten" (Raoul Schrott, *Gilgamesh. Epos*, München Wien 2001, S. 167)

wieder, daß er jetzt nicht mehr weiß, wozu er nein gesagt hat, aber eine andere geschichte[162], sagt F., die in den unterdererdezusammenhang gehöre, auch wenn er jetzt noch nicht wisse, wie, in jedem fall müsse aber auch die Rut dies gespürt haben, denn an diesem selben tag, an dem sie ihm am vormittag in ihrer für die sültzrathersche totenbildchenwand zu kleinen wohnung jene auswendig gelernten ostersamstagsätze aufgesagt habe und wie „mein Vitusl, auf dem bauch liegend wie ein gestrandeter wal", nach den nachbartoten, den „aus der welt gefallenen", wie er sie einmal genannt habe, gräbt, habe sie ihm am abend davon erzählt, wovon sie, so habe sie gesagt, eigentlich nicht erzählen wolle, also von seiner, des dichters Vitus Sültzrather „körperverlorenheit und lustgraberei" –. „Das klingt schön, nicht?", habe die Rut gesagt, sagt F., als sie, nach dem ausführlichen abendessen, zu dem er sie an einem donnerstag ins bozner Wirtshaus Vögele eingeladen habe[163], plötzlich diese zwei wörter in ihr längst im allgemeinen herumschweifendes reden geworfen

---

[162] „Aber das sei eine andere Geschichte und solle ein andermal erzählt werden? Nein, dafür sei keine Zeit, sagt Kranther, wie viele Geschichten verschwänden, wenn man sie liegen lasse!" (Vitus Sültzrather, *Notizbuch N° 8*, Aibeln 1977, S. 98)

[163] Rut T. kann sich lange nicht entscheiden zwischen den *Hausgemachten Bandnudeln mit Pfifferlingen und Gartenkräutern* und dem *Geschwenkten Kalbskopf mit roten Zwiebeln, Südtiroler Weinessig Lagrein vom Plunhof, Pfifferlingen und Knödelscheiben*, wählt schließlich aber das zweite und bestellt dazu einen *Gewürztraminer „Auratus" vom Weingut Ritterhof in Kaltern*; F. bestellt, wie fast immer, sagt er, wenn er donnerstags im Wirtshaus Vögele esse, das *Saftige Spanferkel vom Rohr mit Speckwirsing und Röstern* und dazu einen *Lagrein Riserva „Abtei Muri"*

habe: wie einen köder, sei ihm vorgekommen, sagt F., aber einen köder für sie selbst. Daß da eine nachbarin gewesen sei, habe die Rut nun erzählt, die Jaist Kreszenz vom Blaaserhof, die immer wieder, später am abend zumeist, als ihre mutter schon vorm fernseher eingeschlafen und aufgrund ihrer schon ziemlich fortgeschrittenen schwerhörigkeit meist durch nichts mehr aus ihrem geschnarch zu bringen gewesen sei, gekommen und im schlafzimmer ihres Vitusls verschwunden sei; einmal habe sie sich zu früh zu ihm hinübergeschlichen, um eine totenbildchengeschichte zu hören und ihm übers haar zu streichen dabei und da habe sie die Blaaser Kreszenz gesehn. Daß sie nun gelauscht habe an der tür, dieses erste mal und immer wieder danach, und daß immer bald ein stöhnen, das sie damals nicht zu deuten gewußt habe, herausgedrungen sei durchs schlüsselloch an ihr linkes auge heran, mit dem sie versucht habe zu erspähn, „zu erlugen", habe die Rut gesagt, sagt F., was drinnen, was in der totenbildchenkammer geschah, aber sie habe nur

---

von der Klosterkellerei Muri Gries in Bozen. Dann wird noch nachgeschenkt und nachgetischt, und auch der espresso und der digestivo fehlen nicht. – Vitus Sültzrather läßt Joachim Krambühler, den etwa fünfzigjährigen philosophierenden gelegenheitsviehhändler, der immer wieder, aber immer nur wie nebenbei ins geschehen seines 1971 erschienenen romans *Knödelfleisch* gerät, einmal am rande eines schweineschlachtens, als die zuschauenden „Fremden" darüber debattieren, wie man „dieses Geschehen" so erzählen könne, wie sie es gerade erlebten, sagen: „Erst, wenn der eine weiß, was der andre vorm Erzählen gegessen hat, weiß der eine, warum der andre so erzählt; aber nur, wenn das Wetter paßt." (Vitus Sültzrather, *Knödelfleisch*, Heidelberg 1971, S. 217)

schnell hin und her und auf und ab sich bewegende schatten gesehn, weil das licht ausgeschaltet gewesen sei; und dann, bald danach, habe sie ihr Vitusl –: Diesen großen dichter Vitus Sültzrather, den alle vergessen hätten, habe die Rut gesagt, während der kellner ihr vielleicht das vierte oder fünfte mal vom gewürztraminer nachgeschenkt habe, sagt F., habe sie dann ein jedes mal „gequetscht schreien" gehört: „Jetzt mach doch, Kreszenz, mach! Wieso zahl ich dich denn? Hab ich's dir etwa nicht gemacht? Jetzt mach doch, Kreszenz, mach schon, mach! Besorg's mir endlich, brich mein sperrgebiet auf, reib diesen krüppelschwanz, bis er schreit!" Immer so, immer ähnlich, habe die Rut gesagt, sagt F., und dann still vor sich hingeweint, ganz still vor sich hin, bevor sie davon geredet habe, flüsternd fast und sich vorbeugend zu ihm, wie „der Sültzrather" einmal „in der hose gefuhrwerkt" habe, als sie nach der Blaaser Kreszenz zu ihm gekommen sei, um die totenbildchengeschichte abzuholen, und wie er schnell aufgehört habe damit, als er sie – „Meine schöne Rut, bist du schon da?" – bemerkt habe; und daß er jedoch dann, nach der totenbildchengeschichte, ihre hand weg von seinem haar und in seine hose hinab geführt habe mit seiner hand und sie um ein weiches, warmes fleisch getan habe und sie nun fest zugedrückt habe mit seiner hand: So seien sie dieses eine mal lang dagesessen, „beide plötzlich wie erstarrt", habe die Rut gesagt, sagt F., sie sei damals vielleicht dreizehn gewesen und schon im begriffe, eine frau zu werden, habe sie gesagt, ja. Und dann – die Rut sei ganz still dagesessen in der oberen stube im Wirtshaus Vögele und habe an ihm vorbeigeschaut irgendwohin; und er, der schon lang nicht mehr geraucht habe, hätte jetzt gerne geraucht –, und dann, nach einer langen zeit, als der kellner sie wieder an den tisch zurückgefragt habe mit seiner frage nach einem wunsch – er, F., ohne die Rut zu fragen, habe er für beide einen Montenegro bestellt –, habe die Rut ein schwarzes, abgegriffenes quartheft aus ihrer tasche genommen und gesagt: „Jetzt zeige ich dir etwas, das habe ich noch keinem gezeigt; dieses heft hat er mir geschenkt, nachdem wir einmal hinunter nach Bologna sind, schon in den neunziger jahrn, nach Ferrara hinunter und nach Padova und nach Florenz, und nach Rom und nach Neapel hinab." Und sie habe ihm nun im Vögele ein paar sätze, ein paar satzfetzen, ein paar sültzratherpassagen gezeigt und sie ihm ehrfürchtig vorgelesen aus dem notizheft, sagt F., von dem keiner weiß: nicht das sültzrathervolk und auch kein sültzratherexeget. Er erinnere sich nur noch halb, nur noch bruchstückhaft; etwa an: „der körper als sperrgebiet, miedergeschnürt oder quergeschnitten"; oder an: „wo immer du bist, dort ist mein glück, dort ist mein schmerz"; oder an: „dieses ich im körper, dieses körpergefäß"; oder noch an: „liebesversuche, in die wolken geschaut: sexualität nur als erinnerung". Er sei zu überrascht gewesen, sagt F., und wahrscheinlich schon zu geschichtenvoll, um sich mehr zu dermerken.[164] – Am Kornplatz, als sie sich verabschiedet hätten, habe die Rut gesagt –, als ob sie jeden satz von weit her holte, ja: „Es ist besser, wenn du alles vergißt. Wir sind alle bald vergessene. Laß die toten, laß die liebe in ruh. Das hat mir mein Vitusl gesagt. Ciao."

5
Es habe eine zeit gegeben, in der der dichter Vitus Sültzrather nicht aus dem hause sei; es heißt, er habe nicht auf die vergangenheit treten wollen, wenn er in die zukunft hinein sei.

---

[164] Einige wochen danach habe ihm die Rut einen brief geschickt mit einer postkarte darin. Darauf habe sie geschrieben: „Ein paar Sätze vom großen Dichter Vitus Sültzrather, die er für mich geschrieben hat." Und dann stünden da sätze, mit denen er wenig anzufangen wisse und die wohl Sültzrather geschrieben habe – er glaube nicht, daß ihn da die Rut, nein –, obwohl; und ein jeder schreibe dann und wann sätze, die nur in ein heft gehörten. Um nichts auszublenden und um der wahrheit willen führe er die sätze hier am ende noch an: „Die Liebe findet man, wo man sie finden will. Man findet sie dort wieder, wo man sie einmal gefunden hat. Es sei denn, sie hat sich ins einzige verwandelt, in das sie sich verwandeln kann: in Haß. – Und wenn zwei sie gleichzeitig finden wollen, so wird das romantische Märchen, in dem die Liebe gedeiht, wahr: Eine märchenhafte Liebe beginnt. – Aber wenn einer Tag für Tag, wenn einer Woche für Woche und Jahr für Jahr ankämpft gegen dieses Körper-Nein –; wenn einer fortzu ein Feuer zu schüren versucht, das aber nie brennt, dann ist ein Absturz in die Müdigkeit unabwendbar irgendwann."

Genovefa S. und die leerstellen des glücks
oder: Hinter der stadelwand das paradies

„Man hat, was man liebt, schon von Anfang an verloren,
und für allezeit, auch wenn man es nicht verloren hat."
(Peter Handke, *Die schönen Tage von Aranjuez*)[165]

„Glück ist das Geographische, das in uns steckt.
Wir können es nicht anheuern;
aber es ist da, wenn man es braucht."
(Matthäus Passler, *Schüleraufsatz*)[166]

---

[165] Peter Handke, *Die schönen Tage von Aranjuez. Ein Sommerdialog*, Berlin 2012, S. 67
[166] Matthäus Passler, *Schüleraufsatz eines dreizehnjährigen*, Welsberg 2017

1

Ja, sagt F., habe die Kalber Genovefa[167] gesagt, ihr bruder habe nichts aus ihrem erschrecken, ihrem aufschrecken plötzlich an jenem peterundpaultag des jahres zweiundneunzig, der ein montag gewesen sei, „sonnendurchflutet und blauhimmlig", wie es sich für ein wetter gehöre an einem so hohen festtag, ein montag wie der peterundpaultag des jahres neunundfünfzig auch, an dem es im gegensatz dazu, aber wer erinnere sich noch daran, „wie aus weinfässern geschüttet"[168] habe, sodaß halb Aibeln tatsächlich – noch heute, auch im geretteten nachhinein, könne man nicht unaufgeregt erzählen davon – fast „den bach runtergegangen wäre", eine meterhohe schlamm- und steinlawine habe die räume zwischen den häusern gefüllt

---

[167] Wenn er im folgenden, sagt F., von der Kalber Genovefa statt von der Genovefa Sültzrather (verheiratete Jobstraibizer) rede, so tue er dies nicht vor allem darum, weil sie quasi ein jeder nur unter diesem namen kenne; sondern er tue dies darum, weil sie selbst, so habe sie ihm gesagt, als sie in ihren langen, mäandernden gesprächen einmal über identität und selbstanschauung geredet hätten, sich nur als die Kalber Genovefa vertraut sei. „Ich bin nur als Kalber Genovefa bei mir daheim", habe sie am ende gesagt, ihr ganzes barockes körpergewicht hineinlegend in den satz.

[168] Als er die Kalber Genovefa gefragt habe, warum sie die „fässer" redewendend in „weinfässer" verwandelt habe, habe sie ihm erzählt, wie ihrem vater, dem Kalberbauern, der, wie ein jeder wisse, ein gewohnheitsweintrinker gewesen sei und den wein aber nicht in flaschen sich habe liefern lassen, wie es heute allgemein üblich sei, sondern in einem eichenholzfaß, das er, wie anderes verderbliches auch, in einem

und man habe bis zu den ersten novemberschneefällen gebraucht, um dieses verheerte aibelner viertel, das man seitdem Steiner nenne – „Im Steiner soundso" gebe man in der adresse an –, wieder halbwegs bewohnbar zu machen, aber ihr mann, der Kassian, sei zum helden geworden an diesem peterundpaultag in diesem verunglückten neunundfünzigerjahr, in welchem ja kurz davor ihr bruder, der Vitus, vom baugerüst gefallen, aber wahrscheinlich zu seinem glück noch im spital gelegen sei, weil wer weiß, ob ihn jemand schreien gehört, ob ihn jemand gerettet hätte, als es nur noch geheißen habe: „Weg, weg!" –, ja, ihr mann sei damals zum helden geworden, im schützengewand, als er, auch bereits auf dem weg hinüber, ins rettende, locherberg- und messnerhofzu, durch das grollen und krachen und gurgeln hindurch ein schreien gehört habe – „Ja hört ihr's denn nicht!", habe er die mitrennenden „ins furchtbare gelärm hinein" angeschrien –,

---

etwa 3×3×3 m großen und mit einer schweren luke verschlossenen erdloch unterhalb des stadels gelagert habe –, wie ihrem vater einmal das schwere weinfaß, als er es vorsichtig von der schulter auf den stadelboden habe tun wollen, um es dann, die erdlochstiege langsam rückwärts hinabsteigend, hinter und ober sich herunterzustemmen und herunterzurollen, ausgekommen sei: Beim böllerschußlauten, das vieh derart erschreckenden aufprall auf den stadelboden, daß den halben tag lang ein einziges gemuhe und gequieke und gegacker etc. weithin zu hören gewesen sei, habe es dem faß den boden ausgeschlagen, worauf sich, innerhalb weniger augenblicke, „ein hundertliterschwall wein in den stadelkeller ergoß, über mich", habe die Kalber Genovefa gesagt. Nämlich, weil die stadelkellerluke offen gewesen sei an dem tag, habe sie sich während eines versteckspiels mit ihren beiden schwestern und ein paar nachbarskindern dort unten versteckt. – „Darum", habe sie gesagt, sagt F., „verstehen Sie?"

wieder zurück sei ins nachbarhaus und die paarmonatealten zwillinge, die dem durcheinander des umslebenrennens „fast zum opfer gefallen" wären, weil, wie man dann draufgekommen sei, hinterher, ihre mutter, die Spisser Annemarie, die gerade beim knödelmachen gewesen sei, ihre beiden andern noch nicht schulpflichtigen kinder bei sich, geglaubt habe, ihre schwiegermutter, die Thalhoferin habe sie mit hinüber, wogegen die Thalhoferin, die gerade versucht habe, das in den hennenstall eingedrungene wasser wieder hinauszuleiten, geglaubt habe, „die Annemarie selbstverständlich" habe die zwillinge mit –, die also habe ihr Kassian nun aus ihren bettchen gerissen und in ein federbett gewickelt und sei „hinaus aus dem haus" und irgendwie – auch er, habe die Kalber Genovefa erzählt, sagt F., wisse nicht mehr, wie –, irgendwie sei er, mit den zwillingen unterm arm, die „ganz still" gewesen seien, habe der Kassian gesagt, „ganz still in all dem lärm", über die noch immer sich dahinwälzende schlamm- und steinlawine –, „wie der heilige Christophorus" sei er über den reißenden Thinne Bach auf sicheren boden zurück[169] – –: Aus ihrem erschrecken, nein, habe ihr bruder nichts gemacht.

---

[169] Daß die rettung der thalhoferzwillinge so möglich gewesen sei, schreibe mancheiner in Aibeln, vor allem bei den weitverzweigten thalhoferischen, heute noch deren regelmäßigem rosenkranzbeten zu, sagt F.; mitten in der schlamm- und steinlawine sei das thalhofersche wegkreuz „nicht nur unversehrt, sondern kratzerlos" stehen geblieben als „Gottes aufrechter fingerzeig", daß es so gewesen sei. Und der Jobstraibizer Kassian – aber dies werde nur hinter vorgehaltener hand erzählt –

2

Wie all die jahre davor, seit sie verheiratet gewesen und also weggezogen sei vom Kalberhof, von dem längst alles feld verpachtet und alles vieh verkauft gewesen sei, ihr bruder habe ja nicht das geringste interesse gehabt an viehzucht und ackerbau, habe sie ihren bruder besucht an peterundpaul: „Wann sonst?", sagt F., habe die Kalber Genovefa gesagt. Sie sei die jüngste gewesen und habe ihren einzigen bruder wie sonst niemand geliebt, nein: gern gehabt, bis zu jenem sturz vom baugerüst, der alles verändert habe auf dem Kalberhof, die ganze kindheit herauf hätten sie einander „wie zwillinge" gesucht: „Wie kletten haben wir uns ineinander verhakt.[170] – Schön, nicht?" Sie sei die einzige gewesen, die nach dem tod der eltern in den siebzigerjahrn (dreiundsiebzig der vater, die mutter siebenundsiebzig; er im november, sie im april) regelmäßig zurück

---

sei nichts als ein werkzeug Gottes gewesen damals, im neunundfünfzigerjahr. – (Vitus Sültzrather, *Notizbuch Nº 9*, Aibeln 1979, S. 32: „Was für ein Aberglaubenspack, dieses Dorf! Morgen schneid ich das Kreuz um! – Ob der RAF-Schleyer gebetet hat?")

[170] Diesen satz habe ihr großneffe Isidor, der enkel ihrer schwester Cäcilia, die nie geheiratet habe, obwohl sie einmal draufunddran gewesen sei, es „trotz allem" zu tun – aber dies sei hier ja nicht von belang; „vielleicht, lieber F., ein andermal mehr" –, in seinem buch über den Vitus – *Mein wunderbarer Großonkel* heiße es, „Stellen Sie sich vor!"; aber im nachhinein werde ja ein jeder verklärt, vor allem, „wenn der verklärer von dieser verklärung profitiert", dieser satz, so schreibe der Isidor in seinem großonkelbuch, stünde in einem seiner notizbücher –: Ja, doch, da sei die rede von ihr, habe die Kalber Genovefa gesagt und habe dann den kopf für ein paar augenblicke in beide hände gelegt; und als sie wieder aufgeschaut habe, habe da „so etwas wie eine sehnsucht" in ihren augen geglänzt.

auf den Kalberhof sei, um den bruder zu besuchen –
hoffend den Vitus zu finden, der er einmal gewesen
sei. Weder die Veronika noch die Cäcilia hätten, soviel
sie wisse, nachdem man die mutter aus dem haus getragen habe, in den nahen friedhof hinüber, die granitstufen hinauf, je wieder einen fuß hinein in den Kalberhof gesetzt, ins daheim. „Warum wohl", sagt F.,
habe die Kalber Genovefa gesagt; und auch die Notburga T. habe sicher ihren teil dazu –. Aber der Vitus
habe sie wie immer wie eine fremde angeschaut; „als
ob er mich wegschauen wollte, ja". Zuerst habe er sie
„derweis" angeschaut – minutenlang, ach, und „mit den
worten knausernd, als hätte er kaum davon" –, und
dann, schon bald, habe er den rollstuhl gewendet, sei
in sein arbeitszimmer hinein, das mehrundmehr ausgefüllt gewesen, voll geworden sei mit papier – von peterundpaultag zu peterundpaultag immer papierener,
ja –, habe die tür zugemacht und sei nicht mehr heraus. – Und da sei sie in die kammer am ende des flurs,
wo sie mit ihrem bruder ein jahrzehnt lang die nächte
verbracht; bis er die sexualität entdeckt habe, da habe
man ihn in eine andere kammer getan. So sei diese
kammer nun ganz die ihre geworden, aber vorm einschlafen das reden habe sie immer vermißt. Wie sie es
auch jetzt vermißt habe und an all den peterundpaul-
tagen davor, man hätte die sätze, die er ihr jeweils geschenkt habe, an den zwei händen abzählen können; sie hätte, habe sie erzählt, gern gewußt, warum.
Gerade jetzt, an diesem sonnendurchfluteten, diesem

„hellichten" tag, an dem sein schweigen lauter als jemals davor gewesen sei, so sei es ihr wenigstens vorgekommen, als sie aus ihrer schlafkammer hinaus ins laub geschaut habe, ins blaue himmelsgesprenkel zwischen dem kaum merklich sich bewegenden apfelbaumlaub, hätte sie es gern gewußt. Und vielleicht, habe sie gesagt, sei es das rostbraune eichkätzchen gewesen und diese plötzliche bewegung von baum zu baum, auf die sie als kinder oft hinauf seien, der Vitus und sie, „dem himmel zu und dem werktag davon", vielleicht habe sie dies – Wie oft habe sie vorm einschlafen hinaus in die bäume geschaut in den langen sommern, als die tage kein ende gehabt hätten zwischen schlaf und schlaf, und habe die unrast der vögel beobachtet, diese „noch unbekannte ADHS-existenz", und die gewandtheit der eichkätzchen zwischen himmel und feld: Wie die hätte sie damals leben wollen, ungefährdet in der gefahr![171] –, vielleicht dies habe sie irgendwie aus der zeit getan, der vergangenheit entgegen und dem kinde zu, und sie habe darum, „ja, doch", ihr altes daheim wieder als daheim gespürt – und

---

[171] Später, „in den siebzigern vielleicht", habe sie bei ihrem bruder Vitus jenes „wahrscheinlich weltbekannte foto" gesehen, auf dem bauarbeiter auf einem stahlträger hoch über New York brotzeit machten (in den dreißigerjahren, habe ihr bruder gesagt), breitbeinig sitzend und quatschend, als säßen sie: „vorm haus auf der bank" – wie alle früher in den dörfern, nach feierabend und sonntagnachmittags. Aber den männern auf diesem foto, wenn sie sich recht erinnere, fehle doch die leichtigkeit der eichkätzchen, die schiere gewichtslosigkeit. („Wie konnte der Vitus nur so ein foto aushalten die ganze zeit? Ich häng mir auch nicht die Marlene Dietrich an der wand!")

nicht mehr, wie so lange, nur noch als ein fremdes haus. Dann habe sie sich auf den boden gesetzt, mit dem rücken gegen die wand.

3

„Mit dem rücken gegen die wand", habe die Kalber Genovefa ein paarmal vor sich hin oder in sich hinein gesagt, wie ein mantra, wie einen zauberspruch, wie einen code – als holte sie so allmählich die vergangenheit herauf, mit jedem mal mehr die erinnerung: erinnernd wieder, ja, das damals erinnerte, „als ich so auf dem boden saß, meinen rücken an die wand geschmiegt"; an jene schlafkammerwand, habe sie gesagt, hinter der der stadel gewesen sei. Und nun, „langsam wie der tau sich von den feldern löst an den blauen septembermorgen nach einer frischen nacht"[172], sei der stadel in ihren körper und hinauf ins hirn: Als ein erinnerungsknäuel zuerst sei die dahinter gespeicherte kindheit wie ein fremdes in sie, habe sich ein leben angehäuft, das lange verschollen gewesen sei „im vergessensschlund"[173]. Und dann sei das

---

[172] Gerade anhand dieser formulierung, so F., ließe sich zeigen, daß die Kalber Genovefa, die nie auch nur einen einzigen satz veröffentlicht habe, hätte sie wie ihr bruder sich ganz dem schreiben verschrieben, vielleicht doch eine nicht unbedeutende schriftstellerin hätte werden können. Aber was nicht geworden sei, das konjunktivische leben sei ja nicht der rede wert; oder was nie gewesen sei, wer vergäße es denn: „Es kann nie verloren gehn."

[173] Vgl. Vitus Sültzrather, *Traumschleifer. Eine Trilogie. Band 3*, Berlin 1967, S. 316: „Das Hirn ist dann nichts als ein Vergessensschlund, ein schwarzes Loch, in dem alles Leben verschwindet wie mein Vater im

eine und andere kindheitsbild vor ihren augen „auferstanden" und habe sich „ausgedehnt", habe sich aus der fotostarre befreit ins bewegte hinein, wie in einem daumenkino hätten die bilder das laufen gelernt, und sie sei so glücklich gewesen – wie im stadel, habe sie erzählt, „vor dieser langen zeit", als sie ins heu gesprungen seien, nur noch der Vitus und sie, denn die Veronika und die Cäcilia hätten immer bald genug gehabt, die seien lieber hinter den hennen her in der gänsewiese hinterm haus und im angrenzenden wald; und dann hätten sich die bilder mehr und mehr aus dem knäuel gelöst und sie sei dem bruder nach, blindwütig der mistgabel hinterher, um sie ihm in den leib zu stechen an einem sonntagnachmittag – doch sie habe sich nicht erinnert, warum; und dann, in einem anderen sommer, sie hätten müde im heu gelegen, wieder der Vitus und sie, nachdem es noch vor dem gewitter, dem nun lärmenden und leuchtenden, im letzten augenblick eingebracht worden sei, da hätten sie „wie aus versehen" ihr begehren entdeckt, da sei dem Vitus der samen wie rahm auf sie und sie hätten nicht gewußt, sollten sie erschrocken sein oder mit staunen voll; und dann sei sie von all den bildern bald wie schwanger gewesen, „erinnerungsschwanger" und

---

Krieg." Und dann wieder in seinem *Notizbuch N° 22* (Aibeln 1999, S. 94) verwendet Sültzrather im etwa dreißigseitigen abschnitt, in dem er die theorie der sog. „Erinnerungserfahrungen" entwickelt (S. 87 ff.), das wort „Vergessensschlund": „So muß alle Erfahrung durch den Vergessensschlund – und wird ausgeschieden als eine andere. Auch wenn sie sich als originäre maskiert."

„dickkopfig", habe die Kalber Genovefa gesagt, ihr schädel, so sei ihr vorgekommen, habe sich gedehnt wie ihr bauch, als – „mein gott, dieses einzige mal!" – ihr ein kind gewachsen sei da drin[174]: „Mein Roland, der, kaum war er draußen in der welt, schon wieder verschwunden ist in diese verfluchte erde hinein!"[175] Und dann, mit einem mal, habe sich ihre ganze stadelkindheit – „jeder augenblick, den ich im stadel war, jedes einzelne geschehn" – in ihr ausgebreitet: „Wie ein überwältigendes staunen ist dieses erinnern über mich und hat mich aus der zeit getan!" Aber das stadeltor, ja, das sei wie eine grenze gewesen, ein durchlaß, außerhalb dessen immer noch das vergessen gewesen sei, die „erinnerungswüste", habe die Kalber Genovefa gesagt. Etwa, als sie im stadel dem bruder

---

[174] Als ob sie ihm nicht zu nah kommen dürfe, wie auf etwas fremdes vielleicht, oder wie die kinder auf etwas ekliges zeigten, den oberkörper nach hinten beugend dabei, vom gezeigten weg, habe die Kalber Genovefa, sagt F., dabei auf ihren bauch gezeigt. – Da habe er, in diesem augenblick, plötzlich das bild jener frau in der südtiroler kleinstadt B. im kopf gehabt .. und wie die, vom balkon aus, auf eine gruppe junger schwarzer gezeigt habe, bis sie sie nicht mehr gesehen habe. – Und er habe sich geschämt über diesen zusammenhang: „daß mein kopf auf solche weise funktioniert".

[175] „Dafür, daß mein Roland hätte leben dürfen", habe sie später einmal unvermittelt gesagt, in ein ganz anderes reden hinein, „hätte ich gern wie die heilige Genovefa von Brabant sechs jahre mit meinem kind in einer höhle gelebt. Und ich hätte von der Muttergottes keine hirschkuh zum überleben gewollt." – Vgl. dazu auch die erste strophe eines sonetts Vitus Sültzrathers auf einer der letzten seiten seines vorletzten notizbuchs: „Und geh nun nächtens hinab –: in die Jahre / (: O die Winter, die so voll warn mit Schnee!) / ... und ein Kind liegt so schön auf der Bahre ... / und vom Schaun –: Mir tun die Augen: weh" (Vitus Sültzrather, *Notizbuch N° 24*, Aibeln 2001, S. 221)

mit der mistgabel nach sei –: Wie das alles draußen begonnen habe: diese blinde wut, dieser mörderische haß, das habe sie nicht gewußt, das habe sie nicht gesehn: Erst mit dem eintritt in den stadel habe alles erinnern eingesetzt, erst mit dem schritt durchs stadeltor.[176]

4

Alle stadelerinnerung habe sich nun vor ihr ausgebreitet „etwa wie die alpenwelt etwa vom Kronplatz aus"[177]; aber alles geschehen gleich gegenwärtig, alle bilder gleich nah, nichts von zeitlichem, von räumlichem verblassen infiziert; sondern alle ferne entfernt aus ihrem

---

[176] Hier, sagt F., als er nun – „Nur weil mein hirn in diesem augenblick diese verknüpfung gespielt hat!" –, mehr zu sich als zur Kalber Genovefa „*Star Trek*" gemurmelt habe und „*Griff in die Geschichte*", habe nun ein längeres reden über zeittore eingesetzt, auch wenn die, wie er ja schon im nächsten augenblick gewußt habe, nichts mit dem kalberschen stadeltor zu tun hätten; und die Kalber Genovefa habe seinem star-trek-gemurmel ja auch sofort entgegengehalten, daß ihr stadeltor als erinnerungstor „nicht das geringste" mit einem zeittor gemein habe, kein durchgang also in eine andere zeit gewesen sei, sondern ein raumtor: der ein- und ausschließende übergang zwischen dem erinnerungs- und dem vergessensraum. Aber: Nun doch über zeittore redend, habe er, sagt F., staunend festgestellt, wie bewandert die Kalber Genovefa im science-fiction-gebiet gewesen sei – und *Der letzte Countdown* mit Kirk Douglas sei da ihr lieblingsfilm.

[177] Ob sie denn skifahre, habe er gefragt, sagt F. – „Nein, im sommer achtzig, als in Bologna der bombenanschlag auf den bahnhof gewesen ist", es sei ein sonniger samstag gewesen, sie erinnere sich genau – „.. die erschütterung Sandro Pertinis .. und dann seine brechende stimme, als er von zwei sterbenden kindern erzählt, ‚una bambina e un bambino' .. er hat mich zum weinen gebracht .." –, da habe sie mit dem Kassian einen ausflug auf diesen skiberg gemacht, sie hätten etwas zu feiern gehabt – „aber das geht niemanden etwas an".

erinnerungsparadies: Sie sei noch lang da gesessen, den rücken an die wand geschmiegt. – Aber dann, vom wiederholten rufen ihres bruders aus dem kindheitsstadel geholt, „als die dämmerung schon allmählich in die schlafkammer kroch" – wahrscheinlich habe die Notburga T.[178], seine zugehfrau, „wie so häufig" nicht gleich reagiert –, habe sich aufs erinnerungsglück bald die vergessensangst gelegt: „Denn wenn ich mich löste von der wand, bleichte dann die stadelerinnerung wieder aus, dämmerte mit dem tag hinein in die nacht? Wenn ich mich vom stadel entfernte, verschwände dann, allmählich, auch mein erinnerungsparadies? Fiele dann auch dieses erinnern dem vergessen anheim?" Oder wenn sie in den stadel ginge, in den sie ja seit jahrzehnten keinen fuß, verdrängte das dort gegenwärtige dann das vergangene – oder bewahrte es sich darin auf, wäre so jederzeit da in jeder gegenwart? – Manchmal falle einem das rettende doch zu wie ein seltenes glück, habe die Kalber Genovefa nach einem längeren innehalten gesagt; denn nun, in jenen minuten, als die angst zu vergessen „alles denken schon schier unaufhaltsam zu überfluten begann", habe sie plötzlich einen ausweg gesehn. Und so, „um zu retten, was vielleicht doch zu retten war" – wenn

---

[178] Warum sogar die Kalber Genovefa die zugehfrau ihres bruders „Notburga T." nenne, also nicht Notburga Trocker oder Tirler oder vielleicht Thinnebach, sondern – etwa wie eine verbrecherin oder eine literarische figur – nachnamentlich auf den anfangsbuchstaben reduziert, das habe er nie gefragt. Wie sie also vollständig heiße, die Schilcher Notburga, das wisse er nicht; und jetzt, ja, jetzt wüßte er es gern.

sie sich von der wand löste, hinter der; wenn sie die schlafkammer verließe und ihr altes daheim –, so sei sie aufgestanden, sei aus der schlafkammer hinaus, sei zum bruder hinüber – und habe zu reden begonnen „wie ein wasserfall", habe das paradies hinter der stadelwand, diese eingezäunte erinnerung, ihrem bruder entgegen- und wie einen wörterschwall in seine schreibkammer „gespieben"; wie im stadelkeller einmal der weinschwall über sie, sei nun dieser stadelwörterschwall in ihren bruder hinein: damit wie im nebel nichts verschwände, wie unterm novemberschnee.

5

Aber ihr bruder, nein, der habe daraus nichts gemacht: nichts aus dem wunder der wiederfindung einer vollständigen erinnerungslandschaft und nichts von dem, „was dort an glück, was da an schrecken war": „Was ich da als kind erlebte und nun als erwachsene sah .. daß ich dies alles gleichzeitig als mädchen und als frau empfand .. und obwohl ja auch er in diesem kindheitsgarten war .. Meinen wunsch, all dies aufzuschreiben, es in solche sätze zu bannen, daß es nie wieder verloren sei, hat der dichter Vitus Sültzrather mir nicht erfüllt!" Sie habe es genau gesehen, sagt F., habe die Kalber Genovefa erzählt, daß ihr reden nicht einfach an ihm abgeperlt sei. Nein, obwohl sie in diesem reden „wie in einer blase" ganz gefangen gewesen sei, habe sie doch auch gesehen, wie das gesicht ihres bruders, wie sein körper allmählich „ein anderer geworden ist, ein verwandelter". Aber vielleicht, „wie man bei uns die geranien manchmal im wasser ertränkt", habe sie damals, zweiundneunzig, an peterundpaul, mit ihren stadelsätzen ihren bruder ertränkt. Oder vielleicht habe er es einfach nicht ertragen, daß da, mit einem mal, ihre ganze stadelkindheit wieder dagewesen sei, aber die seine bloß in manchen stücken – und immer fremdgesehen und gefiltert durch sie. Auf jeden fall habe all ihr bitten, das, weil er so stumm, „so sturstumm" geblieben sei, weil er nichts erwidert, sondern sich mit seinem rollstuhl nur immer wieder abgewendet habe – „Bald bin ich da hin, bald dort hin, um ihm in die augen zu schaun!" –, auf jeden fall habe all ihr bitten, das zuletzt ein flehen geworden sei, „nichts und noch einmal nichts, es hat gar nichts genutzt". Ihr bruder habe schließlich nur „Geh!" gesagt: „Ich reiß den stadel ab, geh jetzt fort!" Da sei sie weinend hinaus, aus der schreibkammer, ausm haus, in die angebrochene nacht.[179]

---

[179] Der tagebucheintrag Vitus Sültzrathers einige tage später scheine aber, so F., eine folge des berichts seiner schwester zu sein. Dort nämlich notiere er 1992 unter „Donnerstag, 2. Juli": „Wenn schon alle nicht auf die eine oder andere Weise dokumentierte Erinnerung eines jeden Menschen mit seinem Tode verlöscht, so scheint aber doch wenigstens manche Erinnerung in manchem Raum vollständig gespeichert zu sein. – Und wenn all die Räume der Erde voll wären mit Erinnerung? Oder die Erdatmosphäre ein Erinnerungsspeicher, den anzuzapfen wir nur noch nicht imstande sind? Und wir atmen wie Luft fremde Erinnerung ein, ein Leben lang?" (Isidor Sültzrather (Hg.), *Vitus Sültzrather. Tagebücher 3*, Klausen 2017, S. 221)

6

„In meiner not", habe die Kalber Genovefa nun erzählt – einmal atemlos eilend, sich überstürzend im erzähln, dann wieder wort an wort langsam hängend, als prüfe sie ein jedes auf seine tauglichkeit, sagt F. –, in ihrer not – weil sie nämlich an den nächsten tagen schon .. und vor allem in den nächten, in denen sie kaum mehr zu schlaf gekommen sei aus angst einzuschlafen, die erinnerung aus dem auge zu verlieren, sie allein zu lassen im schlaf .. „weil ich nämlich an den nächsten tagen schon gemerkt habe, wie das erinnerungspanorama da und dort schon weißfleckig, löchrig, verschwommen geworden ist" –, in ihrer verzweiflung sei sie am auf peterundpaul folgenden sonntagnachmittag, den der Kassian wie gewohnt im gasthaus verbracht habe, sie wisse nicht wie, sie sei ihm nie nach wie andere frauen und er habe kaum davon erzählt, aber betrunken, nein, er sei nie betrunken nach haus .. an diesem sonntagnachmittag, an dem – „Wie hab ich darauf gehofft!" – die Notburga T. mit ihrer tochter Rut richtung Latzfons sei mit dem bus, wahrscheinlich habe sie dort ihre kusine, die Zöll Filomena besucht, aber das – „Aber das, ach, vergessen Sie das!" –, auf jeden fall sei der Vitus im haus allein gewesen –: Sie sei also – nun endlich ans ende kommend mit ihrem satz, sagt F. – an diesem sonntagnachmittag nach peterundpaul heimlich in den kalberschen stadel hinein, trotzend der angst, von der sie ja schon erzählt habe – „Nicht?" –, „daß nämlich die stadelgegenwart die stadelvergangenheit überlagert und löscht". Denn mit dem abriß des stadels, risse da ihr bruder nicht auch ihre stadelerinnerung ab .. und löschte sie aus? – Und nun, „in meiner überbordenden vergessensangst", habe sie, um all das, was an peterundpaul wie ein wunder über und in sie gekommen sei, als sie, „wie zeitvergessen", auf dem boden gesessen sei „mit dem rücken zur wand"[180], doch aufzubewahren und zu retten vorm vergessensschlund, habe sie sich nackt ausgezogen. Und fast schäme sie sich jetzt, ihm dies zu erzähln, sagt F., habe die Kalber Genovefa gesagt. Daß sie sich nackt ausgezogen habe, um mit ihrem körper ganz eng bei allem gerät und bei all den dingen zu sein, die da durcheinander gelegen seien so kreuz und quer, als wäre nicht nur die zeit mit staub und fäulnis über sie, sondern als hätte jemand berserkernd alles zerbrochen und zerstört und die in jahrhunderten gewachsene stadelordnung in stücke gehaun, und die nun aber, im sommerlichen sonntagnachmittagslicht, das durch die ritzen und risse in den stadel gedrungen sei, „so matthell strahlten, so schwerelos schwer" – sie wisse nicht, wie dieses leuchten zu beschreiben sei, habe die Kalber Genovefa gesagt –, wie uns, sagt F., die kindheit heraufleuchtet, wenn wir uns kaum mehr

---

[180] Zum ersten mal habe er hier diese redewendung nicht in einem verzweiflungs- oder bedrohungszusammenhang gebraucht gehört, sagt F., mit der wand als letztem hindernis, als fluchtbarriere, wovor einem kaum mehr zu helfen ist, sondern im gegenteil: als brücke, als leiter (erinnerungsleiter), als durchlaßwand in ein anderes.

erinnern daran. Sie habe sich buchstäblich mit den dingen, die ja vielleicht alles gespeichert hätten, "was einmal im stadel geschah", sie habe sich tatsächlich mit diesen dingen –: "Wie soll ich es nennen? Gepaart?" Sie habe sich auf den boden gelegt und habe sich an ihn gepreßt, bis ihr schweiß allmählich in die dielen eingedrungen sei, sie habe sich an ihn gepreßt und in ihn hineingehorcht; sie habe sich zwischen zwei bettroste gelegt und den einen, obern, fest an sich gezogen, fest an sich gedrückt, bis ihr fleisch wund gewesen sei; sie sei in ein barriquefaß gestiegen und habe sich herauszuziehen versucht an ihrem langen haar[181]; sie habe ihren kopf, sie habe ihre brüste, sie habe ihre scham – "Ja, jetzt rede ich endlich, jetzt schäm ich mich nicht mehr!" –, sie habe ihren ganzen körper stück für stück mit den alten bilderrahmen gerahmt, in denen einmal, und daran erinnere sie sich immer noch, die wenigen fotowürdigen ereignisse des väterlichen großelternlebens schwarzweiß eingerahmt gewesen seien, schwarzweiß aufbewahrt. – Damit alle erinnerung in sie flösse, bevor –: Vor dem abriß des stadels, vor dem abriß der kindheit, die einst darin gewesen sei, und die bald, wie der stadel, in staub aufgehen sollte, verschwinden wie der; bevor der bruder wahr machte, "was er mir am peterundpaulabend dro-

---

[181] Erst als der Kassian am sonntagabend gefragt habe, was sie denn – "Um himmels willen!" – mit ihrem haar gemacht habe, habe sie das fehlen von ganzen haarbüscheln bemerkt. Sie müsse wohl, habe die Kalber Genovefa gesagt, sagt F., "wie in trance" gewesen sein, "wie in rage".

hend versprach", sei sie „mit leib und seele" an all die dinge heran, habe sie sich an sie geschmiegt wie an ihren Kassian manchmal: Damit vorm vergessen doch gerettet wäre, „was vor peterundpaul schon ganz verloren schien".

7

„Das stadelwandwunder, mein erinnerungsparadies, es sollte für immer ganz in meinem körper sein", habe die Kalber Genovefa gesagt, sagt F., „drum." – Dann habe ihr bruder den bagger bestellt, und der habe in ein paar stunden den stadel dem erdboden gleich; dann habe ihr bruder die holzarbeiter bestellt, und die hätten in ein paar tagen das wäldchen hinterm stadel gefällt. Und schon bald habe keiner mehr gesehn, „daß da einmal ein gebäude gewesen ist hinterm haus"; und schon bald habe keiner mehr gesehn, „daß da ein wäldchen gewesen ist, in dem –"[182]. Dann sei gras gewachsen, wo – –. Und dann, sagt F., habe die Kalber Genovefa still geweint. – Aber vielleicht, habe sie am ende gesagt, habe der Vitus ja ihrer beider kindheit, jene im stadel –, vielleicht habe er die retten wolln, „wer weiß"; auslöschend, abschabend, wie in den letzten jahrzehnten sein werk. – „Vielleicht, ja, aber vielleicht hat er sich immer selbst ausgelöscht", habe er zu

---

[182] Tagebucheintrag Vitus Sültzrathers, datiert mit „Samstag, 18. Juli": „Stadel abgerissen, Wäldchen gerodet, wo wir als Kinder so viel gespielt haben." (Isidor Sültzrather (Hg.), *Vitus Sültzrather. Tagebücher 3*, S. 225)

ihr gesagt, sagt F.; damit man sich an ihn erinnere. – „Damit man sich an ihn erinnert? Genug!"[183]

---

[183] Einige tage danach habe sie ihm eine postkarte geschickt, sagt F.: „Mein Bruder Vitus hat mir die Kindheit gerodet; sie ist immer noch da. Herzlich grüßt Sie Genovefa S."

Und die andere arche (festungsbau)

oder: Das verschwundene taubenpaar

„Und ging durch die Felder, die Wälder,
und hörte die Vögel: Sie sangen –
und sie sangen wie nie noch zuvor .."
(Vitus Sültzrather, *Sehnsucht. Traum*)[184]

„Nur Tauben brüllen auf dem Dach
Die suchen in den Schuppen Schutz"
(Sarah Kirsch, *Der Schnee liegt schwarz in meiner Stadt*)[185]

„A lizard upheld me / Eine Eidechse stand mir bei"
(Ezra Pound, *Canto LXXIV*)[186]

184 Vitus Sültzrather, *Sehnsucht. Traum*, in: *Düstrer kein Morgen, der Tod. Gedichte*, Innsbruck 1955, S. 37. Diese drei anfangszeilen dieses frühen, wie alles andere aus der zeit vor dem sturz vom baugerüst stark der romantik verpflichteten gedichts (gegliedert in drei vierzeilige strophen + eine abschließende einzeilige) zitiert Sültzrather 45 jahre danach in seinem *Notizbuch N° 23* (S. 61), fügt nun aber, quasi als vierte zeile, ein „Ach!" an. „Was auch immer dies bedeuten mag", sagt F.; aber man solle, wie dies in der literaturwissenschaft ja noch immer („bedauerlicherweise") der fall sei, das offensichtliche nicht unterschätzen.

185 Sarah Kirsch, *Der Schnee liegt schwarz in meiner Stadt* (aus *Landaufenthalt*), in: *Sämtliche Gedichte*, München 2005, S. 24

186 Ezra Pound, *Canto LXXIV*, in: *Pisaner Cantos LXXIV – LXXXIV*, herausgegeben und übertragen von Eva Hesse, Zürich 1952/2002, S. 13

1

Daß „der dichter", wie man den Kalber Vitus in Aibeln schließlich genannt habe, wahrscheinlich abschätzig und respektvoll zugleich, sagt F., nachdem sein ruhm in der welt dann doch bis in seinen geburts- und sterbensort gedrungen sei; daß der dichter Vitus Sültzrather am ende seines lebens[187] sich eine arche habe bauen lassen, nicht aus wie auch immer aneinandergefügten planken (teer, kuhhaar, bleiweiß, lack; kupferspieker, klinknägel, holznägel), das wasser abwehrend, abweisend, um so gerettet zu gleiten, zu schwimmen darauf, sondern aus holzpaletten (licht-, luft-, regen-: himmeldurchlässig), wie man sie in seiner gegend vor allem im obstbau verwende, zum transportieren und aufstocken der apfelkisten[188], sagt F.; daß der Kalber

---

[187] Daß Vitus Sültzrather sein lebensende höchstwahrscheinlich als solches gelebt und er also noch vor den wenigen nachrufern gewußt hat, daß er am ende seines lebens am ende seines lebens lebte, dies könne, so F., „geschlossen" werden aus folgendem tagebucheintrag aus dem jahr 2000: „Donnerstag, 24. August – Er wußte, er würde sich töten; er wußte nur noch nicht, wie. Aber es würde schön sein, das wußte er." (Isidor Sültzrather (Hg.), *Vitus Sültzrather. Tagebücher 4*, Klausen 2018, S. 223)

[188] In einer fußnote schreibt Isidor Sültzrather in den *Erinnerungen an den Dichter Vitus Sültzrather*: „Und wie wichtig für meinen Großonkel insbesondere *ein* Apfelbaum in seinem an den Friedhof grenzenden Apfelbaumgarten oder vielmehr: Apfelbaumhain gewesen ist, dies ließe sich nun auch durch viele Stellen in seinem Werk belegen, die ich hier aber nicht im Einzelnen auflisten will. Stellvertretend zitiere ich den (hier erstmals öffentlich gemachten) Text, den er – sozusagen als Weih-

Vitus, nachdem ihm, obwohl seine beiden schwestern Veronika und Cäcilia, nachdem man die mutter im april siebenundsiebzig aus dem haus getragen habe, in den nahen friedhof hinüber, durch den blühenden apfelbaumgarten (zartrosa, schneeweiß) und dann die granitstufen hinauf, je wieder einen fuß hinein in den Kalberhof gesetzt hätten, ins daheim, deren ehemänner, nämlich der Sebastian Pfeissinger und der Konrad Schrott, staplerfahrer der eine und obstbauer der andere, dort, wo bis zum juli zweiundneunzig der stadel gestanden habe und das wäldchen dahinter[189], seine

---

nachtsgruß (datiert mit: ‚22. Dezember 1998') – an ‚die schöne Rut', die Tochter seiner Zugehfrau Notburga T. adressiert, aber offensichtlich nicht abgeschickt hat: ‚*Vom himmel hoch komm ich daher, der apfelpaum ist noch nit leer*, dichtete Johann Aufhausen in seinen *Würklichen Erfahrnissen* (Göttingen, 1763). Und wenn V. durchs Fenster schaue, von seinem Schreibtisch auf, da breite, wie all die Jahre, wieder ein sich längst seiner Blätter entledigt habender Apfelbaum die herbstpralle mit kleinen rotgelben Äpfeln geschmückten Äste aus; drauf Schneepolster wie Wattebäusche, wohlig. Den Vögeln (Kleiber, Stieglitz, Birkenzeisig, Feldsperling, Schwanzmeise usf.) sei er wie uns einmal der Paradiesbaum, voll mit Äpfeln behängt, der verbotenen Frucht. Es sei ihm ein Rätsel, sagt V., wie der Apfelbaum am Weihnachtstag immer leer sei auf einmal, plötzlich ganz apfelleer; was die Vögel in vielen Wochen nicht erschnabelt hätten, gelänge ihnen nun in einer Nacht? Sein Weihnachtswunder, er warte darauf; wie die Neapolitaner aufs Blutwunder, vielleicht? Mehr, mehr, sagt V., viel mehr! Und kommen die Vögel denn zu Tausendtausenden in der Heiligen Nacht und, noch bevor sie einer vertriebe aus ihrem Winterparadies – –: *Vom himmel hoch komm ich daher, der apfelpaum ist noch nit leer!*'" (Isidor Sültzrather, *Mein wunderbarer Großonkel. Erinnerungen an den Dichter Vitus Sültzrather*, Klausen 2012, S. 258)

[189] Tagebucheintrag Vitus Sültzrathers, „Samstag, 18. Juli" datiert: „Stadel abgerissen, Wäldchen gerodet, wo wir als Kinder so viel gespielt haben." (Isidor Sültzrather (Hg.), *Vitus Sültzrather. Tagebücher 3*, Klausen 2017, S. 225)

holzpalettenarche „zusammengestapelt" hätten[190] – keiner wisse, warum; daß der Vitus Sültzrather sich in seinen letzten sommer-, in seinen letzten herbstmonaten vor allem in der arche aufgehalten habe, die vielleicht, aber dies gehe weder aus seinen tage- noch aus seinen notizbüchern hervor, nicht als gegenarche geplant, in wirklichkeit aber eine der biblischen arche in allem entgegengesetzte arche gewesen sei, sowohl, sagt F., was die architektur (durchlässigkeit statt abgeschlossen- bzw. ausgeschlossenheit), als auch, was die beherbergung[191] (einzelheit bzw. zufällige vielfalt und vielheit statt zweigeschlechtliches paarprinzip) anbelangt habe[192], hätten ihm alle von ihm befragten aibelner

---

[190] Tagebucheintrag Vitus Sültzrathers aus dem jahr 2000: in biblischer manier und dem auftrag Gottes an Noah nachgeschrieben, bloß die maße seiner arche etwa auf ein drittel gestutzt: „Freitag, 17. März – [..] Und man mache sie so: Achtzehn Meter sei die Länge, sechs Meter die Breite und drei Meter die Höhe. Die Tür soll man mitten in die eine Seite setzen, rollstuhlbreit und rollstuhlfahrerhoch. Und in der Mitte soll eine Öffnung sein zum Himmel hinauf, ein Meter mal zwei Meter soll sie sein." – Der letzte eintrag an diesem 17. märz sei dann wieder „nüchterner", sagt F.: „180 Holzpaletten nötig, 4 m x 2 m!" (Isidor Sültzrather (Hg.), *Vitus Sültzrather. Tagebücher 4*, S. 113 f.; vgl. 1. Mose 6, 15 – 16; Luther 1545: Letzte Hand) – Schon einen monat danach müssten seine schwäger die arche fertiggestellt haben, sagt F.; und Sültzrather – „Sonntag, 9. April – In die Arche hinüber, in die Arche hinein!" (Isidor Sültzrather (Hg.), *Vitus Sültzrather. Tagebücher 4*, S. 129) –, Sültzrather müsse glücklich gewesen sein.

[191] „Die Geborgenheit ist etwas Geborgtes? Und wer barg mich? Daß die Kalberin mich kalbte, was für ein Fall! Alles Zufall, was der Fall ist? – Ein Anfang: ‚Was sich im Gebirge verbirgt, –'" (Vitus Sültzrather, *Notizbuch N° 17*, Aibeln 1992, S. 33)

[192] „[..] Vnd du solt in den Kasten gehen / mit deinen Sönen / mit deinem Weibe / vnd mit deiner söne Weibern. Vnd du solt in den Kasten thun allerley Thier von allem Fleisch / ja ein par / Menlin vnd Frewlin / das

bestätigt, sagt F. Der Kalber Vitus sei, so hätten es ihm die an den Kalberhof, der ja „längst nur noch ein Kalberhaus" gewesen sei, nachdem er nach dem tod der mutter im jahre siebenundsiebzig „das ruder übernommen" habe im Kalberhof – „der" habe ja alles vieh „praktisch über nacht" verkauft und die felder „eins nach dem anderen" an den meistbietenden verpachtet –: Die an den Kalberhof angrenzenden und das geschehen dort „zufällig" – man sei ja nicht neugierig, es gehe einen ja nichts an, was ein nachbar „so treibe tagsüber oder in der nacht" – von den fenstern und balkonen aus beobachtenden nachbarn hätten ihm erzählt, daß „der dichter" in seinen letzten sommer- und herbstmonaten seine tage – „und auch die eine und andere nacht" – vor allem in der arche verbracht habe; und er sei nicht nur an den warmen, den einigermaßen schönen tagen am morgen in die arche hinein und – „zumeist" – am abend wieder heraus, nein, es habe ihm „scheinbar" nicht viel ausgemacht, auch „im strömenden regen" dort drinnen zu sein: Die Notburga T. habe ihm dann seinen schwarzen regenschirm „nachgebracht", wenn es plötzlich und mehr oder weniger unerwartet zu regnen begonnen habe; habe es aber schon am morgen geregnet oder sei ein regentag abzusehen gewesen, so habe „der dichter" seinen

---

sie lebendig bleiben bey dir. Von den Vogeln nach jrer art / von dem Vieh nach seiner art / vnd von allerley Gewürm auff erden nach seiner art. Von den allen sol je ein Par zu dir hinein gehen / das sie leben bleiben." (1. Mose 6, 17 – 20; Luther 1545: Letzte Hand)

schwarzen regenschirm „schon hinten im rollstuhl stecken gehabt". Daß „der" sich in dieser arche, die manch einer in Aibeln als eine „gotteslästerung" empfunden habe – und empfinde, immer noch, obwohl „dieses holzpalettenschiff" von den erben[193] längst in die nahe Franzensfeste „abtransportiert" worden sei: „zu so einem kunstevent", wie die aibelner sagten, sagt F., da hätte einer darin kakteen gepflanzt[194] –, daß „der" sich dort den tod holen werde, das habe jeder voraussehen können, da habe einer keine prophetische

---

[193] Da im nachlaß Vitus Sültzrathers kein testament gefunden worden sei, denn der letzte satz in seinem letzten notizbuch: „Was mein ist, werde nichts!" (Vitus Sültzrather, *Notizbuch N° 25*, Aibeln 2001, S. 17) sei, als es ums erben ging, wahrscheinlich ungelesen geblieben. Aber wenn man ihn als sogenannten testamentarischen satz gelesen hätte, so wäre er, sagt F., als „ein gegen alles besitzdenken gerichteter" höchstwahrscheinlich doch mißachtet worden wie so viele andere letzte verfügungen („nicht nur von dichtern wie Kafka, wie Bernhard, wie .."), die dem wollen der erblasser „zuwider" gewesen sein. Seinem literarischen erbe allerdings habe man seinen letzten willen, soweit Sültzrather dies – abschabend, abkratzend, auslöschend – nicht schon selbst getan hätte in seinen letzten jahrzehnten, aber („beinah", sagt F.) zugemutet und zugefügt. – (Der Kalberhof aber, so F., sei „nach längeren rechtsstreitigkeiten" und einer diese streitigkeiten schließlich beendenden „gütlichen einigung" zwischen den drei schwestern Vitus Sültzrathers an einen garner bauern verkauft worden; auch, wie man sich in Aibeln erzähle – aber, wie üblich, nur hinter vorgehaltener hand –, um die kosten der rechtsstreitigkeiten zu decken. – Was allerdings mit Sültzrathers schuhen geschehen sei, diesen wenigstens zweimal 365 bzw. 366 paar, darüber rätsle man in Aibeln wie über Imelda Marcos' 3.000 oder 1.060 paar schuhe in der welt.)

[194] Ein anderer, erzähle man sich, sagt F., solle da „künstlerisch untersucht" haben, welche tiere für die alpenbewohner und alpenbewanderer am gefährlichsten seien: die bären und die wölfe – oder doch eher die kühe und pferde, die hunde und schweine, die bienen und wespen, die zecken und schlangen? Oder, vielleicht, sogar die „raubtiergetarnte" tigermücke?

gabe gebraucht. Und es sei ja dann auch so gekommen: „Der dichter" habe zwar den winter noch überlebt – da, ja, da sei er kaum in die arche hinein, im schnee sei er mit seinem rollstuhl ja nicht weitergekommen; und die Notburga T. habe ihn nur hin und wieder hineingeschoben, die sei wahrscheinlich stur geblieben, wenn „der dichter" –: Seiner zugehfrau habe er am ende kaum noch etwas zu befehlen gehabt, da habe längst die „die hosen angehabt" –, aber im frühling, kaum sei die apfelblüte vorbei gewesen, da sei es auch schon „aus gewesen" mit ihm. – In seiner holzpalettenarche sei der Kalber Vitus gestorben, ja; und vielleicht, ja, man erzähle ja nur nach, „vielleicht hat er auch selber nachgeholfen".

2

Es müsse angenommen werden, daß Vitus Sültzrather alles, was in seiner arche gewesen sei im umfassendsten sinn dieses worts, auch dort habe „bleiben lassen wollen"; für diesen verbleib von allem in der arche gewesenen habe er auf jeden fall alles getan dadurch, daß er darüber schriftlich geschwiegen habe, daß er alles arche-erinnern in keiner form festgehalten und schließlich („endlich") ausgelöscht habe mit seinem tod. „Fast", sagt F.: Er habe zwar keine erinnerung aufbewahrt in den notiz-, in den tagebüchern[195], aber

---

[195] Künftige sültzratherexegeten könnten aber sicherlich, wenn es dann so etwas wie eine breitere sültzratherforschung geben würde, auch aus den notiz- und tagebüchern „archische erinnerung", so F., extrahieren

Rut T., Sültzrathers „schöne Rut" oder „Rut, die Schöne",[196] habe ihm nach jenem ausführlichen abendessen, zu dem er sie an einem donnerstag ins bozner Wirtshaus Vögele eingeladen habe, einen brief geschickt, in welchem sich (neben anderem)[197] auch „sieben unlinierte und unkarierte Din-A4-Blätter"[198] befunden hätten, die, so F., Sültzrather möglicherweise als „erinnerungsstützen" für ein doch noch zu schreibendes buch hätten dienen können. Warum sonst, so F., habe er sich diese notizen separat gemacht? Und warum denn habe er die blätter kurz vor seinem tod an die Rut T. geschickt? „Was wollte er damit?" Auf jeden fall stütze auch das[199] den aibelner verdacht, Sültzrather habe „nachgeholfen" bei seinem tod – auch wenn dies aus dem totenschein nicht „herausgelesen"

---

können; er sei ja nur die „vorhut" einer solchen forschung, aber auf ihm werde man bauen, aufbauen, „ja". Bald werde Vitus Sültzrather wieder den namen haben, der ihm, der seinem aufgeschriebenen, seinem ausgelöschten werk zustehe: „Da verzweifle ich", sagt F., „keinen cent."

[196] Vitus Sültzrather, *Notizbuch N° 13*, Aibeln 1986, S. 17
[197] Siehe dazu insbesondere die fußnote 164.
[198] Rut T. schreibt darin auf einer postkarte: „Ein paar Sätze vom großen Dichter Vitus Sültzrather, die er für mich geschrieben hat. Neben diesen Sätzen zur Liebe schicke ich auch sieben lose, unlinierte und unkarierte Din-A4-Blätter, die wohl etwas zu tun haben mit Vituls Arche. Ich habe sie vier Tage nach seinem Tod erhalten, am 26. Mai, es war ein Samstag, ich erinnere mich genau, da bin ich noch einmal, das Wetter ist plötzlich wieder so schön geworden, zu seinem Grab nach Aibeln hinauf, nachdem er am Tag davor, einem trüben, eher regnerischen Tag, wie es sich für so eine Beerdigung halt gehört, unter die Erde gebracht worden ist mit wenigem Volk. Als Absender stand da nur ‚Arche' drauf, und abgestempelt worden ist er am 22. Mai, seinem Todestag. – Rut Thinnebach" (Siehe auch dazu die fußnote 164.)
[199] Siehe dazu auch die fußnote 187.

werden könne.[200] – Er, F.: „Ich, jedenfalls, wage es nun" – auch wenn es, „schlußendlich", auch wenn es „objektiv" vielleicht doch kein wagnis sei, er, allerdings, empfinde es so –, einige der sültzratherschen „erinnerungsstützen": „ans licht der welt zu tun". Nachdem er, F., selbst mehrere tage und nächte in diesem heißen sommer in der in der Franzensfeste aufbewahrten arche „ausgeharrt" habe, der darin gespeicherten erinnerung[201] „nachhängend", sie einatmend vor allem im schlafe, im traum, „wenn nichts sich dazwischenschiebt in das gespeicherte hinein", wage er es, ja. – –

.. Und endlich doch ausruhn und nichts tun als sitzen, als denkend flanieren in diesem Zufluchtsraum, der noch – beinah – ohne Erinnerung ist, als durch die Spalten ins Blau, ins Weiß des Himmels hineinschaun, in sein geballtes Schwarz .. Himmelsmeer .. Und dem

---

[200] Was den den totenschein ausfüllenden, die todesursache feststellenden arzt zu dieser „unterschlagung", zu dieser „verschleierung" der todesumstände bewogen haben könnte – und, ja, „ob überhaupt": Dies könne leider, so F., nicht mehr recherchiert werden; jener arzt, Dr. Hieronymus von Lutz, sei leider schon tot.

[201] Zur erinnerungstheorie Sültzrathers und also zu seiner vorstellung einer in „allen räumen der welt" gespeicherten erinnerung, zu jenen von ihm anderswo – er finde leider, man verzeihe ihm, die stelle nicht mehr, sagt F. – auch als „unauslöschliche Erinnerungsspeicher" bezeichneten orte siehe insbesondere eine tagebuchnotiz aus dem jahre 1992 („Donnerstag, 2. Juli"), die hier, da bereits in der fußnote 179 ausführlich zitiert, nur teilweise wiederholt sei: „Und wenn all die Räume der Erde voll wären mit Erinnerung? Oder die Erdatmosphäre ein Erinnerungsspeicher, den anzuzapfen wir nur noch nicht imstande sind? Und wir atmeten wie Luft fremde Erinnerung ein, ein Leben lang?" (Isidor Sültzrather (Hg.), *Vitus Sültzrather. Tagebücher 3*, S. 221)

Wandern, dem Rennen der Wolken zuschaun, wie sie den Himmel bewegen, wie sie sich aufbauschen, wie sie ineinanderfließen; wie sie zerfließen und auseinanderbrechen und vergehn .. Immer wieder die Eidechsen, plötzlich da, plötzlich weg, mein Gegenteil, ach .. Das Denken beruhigen, verlangsamen wie das Wasser, das in der Ebene, das im Meer zum Stehen kommt; daß das Sätzebauen aufhört im Hirn, dieses Wörterflechten, dieses überflüssige, verzweifelte Erfinden von Welt .. Die Arche verbrennen mit mir, als Fanal für die Nachbarn? Nein, keine Blendung, die Flammen brüllten und tosten mein Lachen in die Unhörbarkeit! .. Aber was für eine Gewalt, was für eine Schönheit in dieser Sprache des neunzehnten Jahrhunderts, was für eine Möglichkeit doch eines Aufhörens, eines letzten Endes, eines schreienden Untergangs: „[..] nur ein weites unabsehbares blendendes Flammenmeer, über welchem schwarze rothgesäumte Rauchwolken drohend wallten. Das Brüllen, Brausen, Krachen und Tosen des Feuers war erschrecklich [..] die stürzenden Bäume ächzten mit markzerreißendem Tone durch das Knistern des Feuers, und durch den dichten Rauchschleier erschien hie und da die Sonne wie eine feurige erglühende Kugel. Vögel aller Art flogen mit angstvollem Kreischen auf und kreisten, wie von einem Zauberbann in den Lüften festgehalten über der wogenden Gluth, bis sie vom Raube betäubt und erstickt in's Feuer herniederstürzten [..]" (Monat-Rosen 1844[202]; unbedingt verwenden!) .. Hier der Schrift entkommen, für immer, den Fesseln der Zeichen abhanden kommen! Kein Abschaben, Abkratzen, kein Auslöschen mehr .. Und aufgehoben im Regen, der durch die Spalten dringt, der hereinfließt, heruntertropft; aufgehoben in den Sonnenstreifen, in den Schattenstreifen! Dem Leben entkommen? (Mein Gott!) .. Im Wörtermeer untergehn; nie mehr .. Sommerwunder, Herbstwunder, Winterwunder: Rut, die Schöne, die mit V., dem Entlähmten, in die Arche zieht; und wie er sie über die Schwelle trüge .. (O, der Namenlose: ‚Vnd greiff jn bey der rechten Hand / vnd richtet jn auff. Also balde stunden seine Schenckel vnd Knöchel feste / sprang auff / kund gehen vnd stehen / vnd gieng mit jnen [..] / wandelte vnd sprang / [..] Vnd sie wurden vol wunderns vnd entsetzens / vber dem / das jm widerfaren war.'[203]) .. Noah, der Sechshundertjährige, der immer noch nicht

---

[202] Vitus Sültzrather zitiert hier aus: *Lebensbilder und Naturscenen aus Brasilien. Das Abbrennen einer Roca*, in: Monat-Rosen. Zeitschrift für Belehrung und Unterhaltung, hg. von J. Kolb, Jg. 5, Bd. 2, München 1844, S. 44

[203] Vitus Sültzrather zitiert: Apostelgeschichte 3, 7 – 10; Luther 1545: Letzte Hand

sterben kann: in seinem Kasten eingekerkert mit dem Gezänk der Verwandten, mit all dem Paargetier. Was ist furchtbarer, was ist tröstlicher: der Tod – oder ein Leben, dem das Ende fehlt? .. Ich in meiner offenen Arche aber –: Ich aber was?! .. Kein In-die-Luft-Sprengen, nein! Will nicht an den Mauern, an den Fenstern der Nachbarn enden, um weggewischt zu werden, abgekratzt wie .. Auch wenn das Krachen, der Knall ihnen die Ohren sprengte! (Ohrenbetäubender Tod?) .. „Unbemerkt werde ich aus dem Leben gehn", sagte V., „ich werde im Himmel entschwinden, während die Augen brechen." .. Was für ein Kitsch! (Kann Sterben kitschig sein?) .. Ausatmen werde ich mich, ja: Das ist leicht gesagt .. Jeden Abend, jeden Morgen ein Taubenpaar im Gebälk, nahe am Heck, backbords, das gurrt und gurrt, als erzählte es sich die Welt jeden Abend, jeden Morgen neu: Die Gewohnheit, die das Leben trägt; der Fluß, der immer neu fließt und ein Ende des Fließens ist nicht abzusehn (wie V. als Kind stundenlang am Ufer saß und dem Fließen zuschaute und glücklich war – und sich fürchtete davor, daß am nächsten Tag, immer wieder an diesem verfluchten nächsten Tag, der Fluß ausbliebe, alles Wasser ins Meer wäre, von dem er nur wußte, daß es war: Mit seinen Fingern fuhr er im Atlas darüber und versuchte ihm die Gefräßigkeit auszureden); die Tröstungen des Vergessens: als hörte, als schmeckte, als röche, als sähe – als liebte man das abertausendfach Geliebte immer wieder neu, immer wieder jeden Abend, jeden Morgen zum ersten Mal; nie endende Wiederentdeckung des Gewohnten. – Und dann aber verschwand das Taubenpaar („Der Tauben weißeste flog auf: ich darf dich lieben!"[204]), der Ort backbords, nahe am Heck, blieb – für immer? – leer. (Keine Geschichten mehr!) .. Aber ES würde schön sein? Das wußte er? .. Was aufhört, – .. Warten darauf, daß man das Flußbett endlich „trockenen Fußes", wie es heißt, überqueren kann: Nichtschwimmerhoffnung ..[205]

3

„Journal, begonnen nach der sechsten Nacht in der Arche Vitus Sültzrathers – 13. August: Nachdem ich,

---

[204] Vitus Sültzrather zitiert hier die erste zeile eines frühen (titellosen) gedichts Paul Celans (in: Paul Celan: *Mohn und Gedächtnis*, München 1952, S. 59).

[205] Die auswahl der sätze aus den „arche-notizen" sei seiner tagesverfassung, seinem gemütszustand geschuldet, sagt F.; wie ja alles, was einer schreibe, nichts anderes als ein ergebnis des jeweiligen befindens des schreibers sei in der welt; jede geschichte wäre an einem anderen tag eine andere. – Er habe sich nicht entscheiden können (bei jeder auswahl habe das ausgewählte variiert) und also eines tages einen tag und eine stunde festgelegt, in der er endgültig entscheiden würde; und davon wäre dann nicht mehr abzugehn. So sei es dann auch gewesen, sagt F.

F., in diesem tropischen sommer wieder, wie im vorigen jahr, in die in der Franzensfeste aufbewahrte arche Vitus Sültzrathers hinein bin und nun fünf tage und fünf nächte darin ausgeharrt habe, der darin gespeicherten erinnerung nachhängend, sie einatmend vor allem im schlafe, im traum – ‚wenn nichts sich dazwischenschiebt in das gespeicherte hinein' .. In erwartung sültzratherscher erinnerung, die sich paaren würde mit meinem erinnern oder die ich an Sültzrathers stelle erinnerte, saß ich darin, ging die arche auf und ab durch die sonnen-, durch die schattenstreifen, die eidechsen kamen und gingen ohne plan .. Und nichts geschah außer dem, was immer geschieht: Der tag floß in die nacht und aus der nacht floß der tag – und das wetter war, wie es hier in den sommern ist .. Es ist neunuhrsiebzehn, der sechste tag – und nichts geschieht, und nichts geschieht, und nichts geschieht, und nichts .." – Er könne sich nicht mehr erinnern, sagt F., was dann geschehen sei; diese wenigen sätze, das sei alles, was ihm vom aufenthalt in der arche Vitus Sültzrathers geblieben sei; die tage in der arche seien wie ausgelöscht, wie abgeschabt. Es habe gedämmert, der himmel sei wolkenverhangen gewesen, da sei er aus der arche heraus; „leichter nieselregen, die festung wie ausgeleert". – „Sieben tage und sechs nächte muß ich in ihr gewesen sein." Er habe nachgerechnet, sagt F., er habe nachgerechnet.

4

Vitus Sültzrathers arche bleibe verschwunden, sagt F.; niemand habe ihm sagen können, wo sie geblieben, was mit ihr weiter geschehen sei. Zuletzt, sagt F., habe man sie in der Lazag „gesichtet", in der nähe Merans. „Das ist alles, was ich weiß."

Inhalt

Spieleröffnung mit schuhen 7
(auch: Introductio calcei. Gerücht)

Selbstporträtporträts 13
Versuch einer antwort, mit der geschichte von T.

„Sie können das letzte werk Sültzrathers
abholen." 25
Versuch einer erinnerung, ohne die geschichte von Rut

„Oh, wie möchte ich ein Reiser sein!" 39
Einige fußnoten aus dem leben des dichters
Vitus Sültzrather

„Und die arche ruhte sich endlich zwischen
den wassern aus." 45
Die geschichte von Bezalel, der im schatten Gottes ist.

Flur, friedhofsmauer; oder was uns nicht trennt. .. 55
(„Aber nun dauert's nicht mehr lang, nein.")

Sekretärstraum 65

Alptraumdohlen 77

Soldaten.Helden.Wald. 87
Eine wiederrede zum hundertsten

Es sei also vollkommen unerheblich,
was er sage 97
(oder: Europa, habe er gesagt)

Auf der suche nach einem tannenzapfen 105

Sültzrather hätte nie in pension gehen wollen 113
oder: Der anfang hört immer mit einem ende auf.

Unterdererde (oder: sperrgebiet) 123
Totenbildchen, die geschichten von Rut

Genovefa S. und die leerstellen des glücks 141
oder: Hinter der stadelwand das paradies

Und die andere arche (festungsbau) 161
oder: Das verschwundene taubenpaar

*Dafür, daß sie dem dichter Vitus Sültzrather
da und dort bilder ins leben gestellt haben, an
denen er nicht ungebogen oder unverwandelt
vorbeigekommen ist, danke ich:
Elmar Locher, Luis Seiwald,
Paul S. Feichter, Armin Blasbichler,
Hubert Mittermair, Norbert Scantamburlo,
Herman Kühebacher, Christine Vescoli,
Monika Hinterhuber, Julia Bornefeld,
Alois Steger.*

TransferBibliothek CXL

Coverabbildungen: Shutterstock/Milos Kontic

© Folio Verlag Wien • Bozen 2018
Alle Rechte vorbehalten

Cover und Grafische Gestaltung: Dall'O & Freunde
Druckvorstufe: Typoplus, Frangart
Printed in Europe

ISBN 978-3-85256-741-9

www.folioverlag.com

E-Book: ISBN 978-3-99037-080-3

Die Drucklegung erfolgte mit freundlicher
Unterstützung durch die Abteilung für deutsche
Kultur in der Südtiroler Landesregierung.

Der Autor

Josef Oberhollenzer, geboren 1955 im
Ahrntal/Südtirol, lebt in Bruneck.
Er schreibt Lyrik, Prosa und Theaterstücke.
Rockbands haben seine Texte vertont.
Bei Folio sind erschienen: *Was auf der erd
da ist* (1999), *Großmuttermorgenland* (2007)
und *Der Traumklauber* (2010).